安然 著

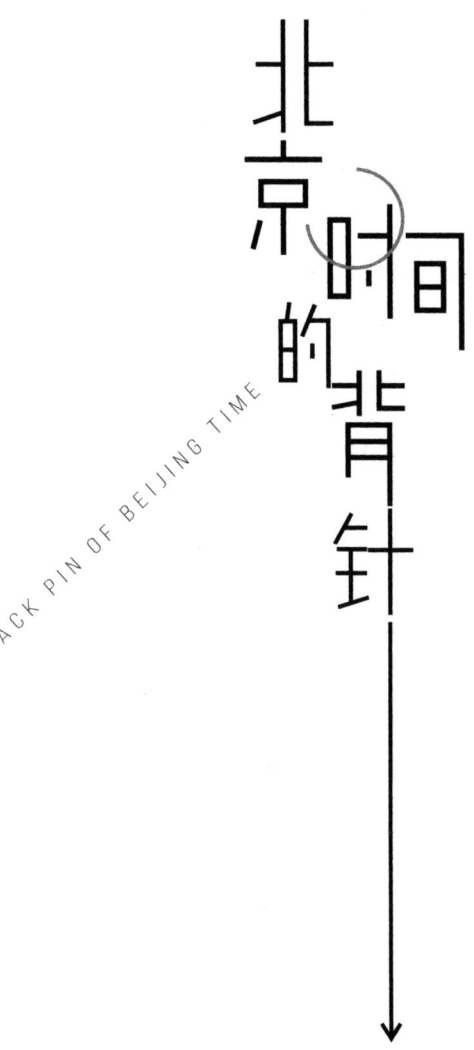

北京时间的背针

THE BACK PIN OF BEIJING TIME

四川文艺出版社

图书在版编目（CIP）数据

北京时间的背针 / 安然著. -- 成都：四川文艺出版社, 2018.11
 ISBN 978-7-5411-5188-0

Ⅰ.①北… Ⅱ.①安… Ⅲ.①诗集－中国－当代 Ⅳ.①I227

中国版本图书馆CIP数据核字(2018)第260088号

BEIJING SHIJIAN DE BEIZHEN
北京时间的背针
安 然 著

责任编辑	程 川 周 轶
封面设计	礼孩书衣坊
内文设计	史小燕
责任校对	段 敏
责任印制	周 奇

出版发行	四川文艺出版社（成都市槐树街2号）
网　　址	www.scwys.com
电　　话	028-86259287（发行部）　028-86259303（编辑部）
传　　真	028-86259306
邮购地址	成都市槐树街2号四川文艺出版社邮购部　610031
排　　版	四川最近文化传播有限公司
印　　刷	四川机投印务有限公司
成品尺寸	142mm×210mm　1/32
印　　张	6　　　　　　　　　　　字　数　130千
版　　次	2018年11月第一版　　　印　次　2018年11月第一次印刷
书　　号	ISBN 978-7-5411-5188-0
定　　价	38.00元

版权所有·侵权必究。如有质量问题，请与出版社联系更换。028-86259301

着火的文字与抒情的变革
——安然诗歌论

刘 波

对于当下有些年轻诗人来说，写作好像变成了对经验的复制和对技艺的迷恋，而不是对才华的激活，才情的释放往往被认为是青春期写作的佐证，一旦越过了这一阶段，某种更为稳固的风格，也许会被诗人们自己认领。安然诗歌的谱系，似乎并不属于这样一种写作的传统，她力图在多元的美学接受和自我训练中不断地靠近心目中的诗歌殿堂。她看似依靠才华和天赋在写作，可实际上，她仍然潜移默化地受着地域文化的影响；她迷恋词语的奇幻组合，但总有一种深情暗藏其中，似有却无，若隐若现。她是一个很难被捕捉的诗人，我们也无法在既有的范畴内给其定位，这种漂移感源于抒情者的唯美气质。她的想象不是单纯从词到词的拼接，而是一种带着人生波澜的直抒胸臆，一种深情的回望和领悟。当然，我从安然的诗歌中所感悟到的，还不止这些被赋予生命意志的文字风景，更有其浪漫主义古典之风背后的隐秘现代性，这其实是一场审美的博弈：当诗人试图逃离一种风格的时候，她又像是在不断地返回，如同她逃离家乡奔向南方，最终还是在记忆中竭力回到故乡，那种复杂纠结的乡愁，当能佐证诗人在这个时代所坚守的信念。诗人看起来是一个生活的失败者,而从"向死而生"的方向看,又何尝不是一个文字的王者。安然在诗歌中做尽了一个王者的梦,她扮演了词语施暴者的角色,时而悲壮,时而飘逸,最后都归结为爱——对自我和他者的爱,对生而为人的爱,对一切被恩赐的命运的爱。

一、草原抒情者的乡愁

作为一个抒情者的形象,安然有着一种不同于一般女性的大气、磅礴和凌厉,这从地缘关系上说,还是在于她身上带着北方女子的豪迈,正因为那种根植于广袤草原的开阔,她必须以强大的抒情才能保持诗的势能。因此,在这样一个层面上,我能够理解安然何以如此迷恋富有幻想气质的抒情,那正是其现实经验在文字中的折射和投影。我们觉得夸张的表达,可一旦进入到真切的现实中,她无法以平淡之词去对那些景观进行描绘,因这不足以展现一个诗人的复杂心境,此时,唯有以"天真的想象"去感知和表述风景,才能明晓浪漫抒情的合理性。虽然在有些诗人那里,浪漫主义被认为是一种过时的、腐朽的、反现代性的美学,然而,现代性也是经由浪漫主义脱胎而来。当我们重新回到浪漫主义的源头时,席勒所言的朴素的和感伤的诗之别,同样会再次警示每一个写作者:必须回到文学的本质,它联于个体的生命体验,而非完全普遍的、共通的法则。安然在其诗歌中的发声,一定有着浪漫主义的精神底色,这可能并不是她写诗的初衷,但她并不刻意回避,而是以自然之力建构了一套属于自己的诗学话语体系,从自我的反讽到切入历史的反思，主体的超越一直是生动的、昂扬的，立足于独立性的认知。

如果要用一句话来形容安然的写作，还是可以归结到海德格尔评价荷尔德林的那句经典之言：诗人的天职就是还乡。只要一下笔，就回到了故乡，几乎很少有诗人能够例外，他们也正是在这样一种现实里遭遇自己写作上的分歧与困境，因为那不仅是一种习惯，更是一种本能。我相信，安然的写作也是在这种本能的释放里获得了探索的契机。她曾写过一首诗，带着某种逃离的意味，"这些年，我意志坚定奔向南方／故乡的风凶猛彪悍，携沙带尘／在大牧场耀武扬威／牧民都怕它，我也怕／每年春天，它会吹断电线网／吹散羊群和草垛／吹走我的草原，只剩裸露的黄土／在荒凉的四季呜咽／我害怕，躲到山城和羊城"，就是因为害怕故乡的风，她选择了逃离，而逃离之后呢？随之而来的转向，是一种念想又将她带回了故乡，"这几天，我在梦里又遇见了它／好比从前，把我的皮肤吹到皲裂／把我的眼睛吹到流泪／一次次把我从睡眠中吹醒／起风了，在心中越刮越猛"（《起风了》），诗人在异乡仍能梦到故乡的风，这样的害怕此时已变成了内心的风暴，地理位移的变化，断然无法割断对故乡的思念，包括对那些曾引起她反感和抱怨的情境，也都成了对接故乡任何可能的见证。于是，某种感伤意绪油然而生，像诗人写《夜半思》那样，"我想念那里，天空就下起了雨／写几次那里，我的心就跟着痛"，当她以穿越性的言辞重新诉说故乡的一草一木、一情一景时，所有的解释都可以叠加为孤独。

诗人对于故乡的执念并不是停留在空想中，那种近乎歇斯底里的呓语和呐喊,正是潜意识里的召唤。安然花多少笔墨在异乡写故乡?难道是她离开故乡之后,又开始在想象中美化那片生养她的地方?我们不得而知。可她的想念与书写落实到具体的字词时,她其实也是在抵抗某种遗忘,这种抵抗里更多还是故乡生活的延续,并非如有人臆测的那样,逃离是对故乡彻底的背叛。"而我,就是在异乡寻找相同的姿势 / 奔向死亡的那个,就是 / 常常在深夜里怀抱烂熟的汉字啃噬今生的那个 / 蓝天和白云拼接的蔚蓝色,我的故乡 / / 那些语言、文字、服饰、古老部落的银器 / 和节日里的马奶酒在干净的时间里打盹 / 我曾多少次在梦里念出故乡的名字 / 念出清亮、明澈和色泽 / 念着,念着,就到了天明"(《蓝色故乡》),故乡的颜色是随着诗人的心境而变化的,不管它以何种形式在诗人的梦乡和记忆里焕发出迷人的风采,但它还是通过诗人的诉求而构成了一个独特的精神地理学主体。对于所有的异乡游子来说,故乡是其人生的背景和参照,我们与故乡的互动,也许是与生俱来的精神自觉,它让异乡与故乡之间的距离能够缩短,能够找到循环的信任感。

当安然的草原故乡作为一种标志性的北方地域风貌进入诗中,她不是将其当作空泛的象征,而是更为切实的精神根据地。也许只有远离了故乡,故乡的意义才会得以完整地呈现,才会以有形的方式影响诗人。虽然她说:"我羞于怀念家乡的事物"(《在秋天,我是歉收的小女子》),这种愧疚也许是一种自谦,但更多是一种敬畏。有时我们可能会简化故乡,将其当作精神的远景,基于一种纯粹的想象,我们把故乡当作精神的归宿地,毕竟,那里有着太多可资记忆和回味的过往,它们代表着人生征程的起点。当一个人在文字中投向故乡的怀抱时，它虽然不是信仰，但可以皈依，它让我们在自我塑造中保持了一种相对朴素的情怀。"在故乡，我才能睡眠充足／吃更多的粮食和蔬菜／不必担心肥胖和明天的事／出门，跟乡里人东拉西扯，一上午的时光／没有人在乎我的语气和一不小心／也没有人查看我的背景和经历／只有在故乡，我才能不化妆，不戴胸罩／上街买菜，逛超市，抱回一筐的橘子／照镜子，每一个表情都是从心里长出／真实得像风，来去自由／在故乡，我才能平静，与若干细小的事物相连／隐于心的痼疾不需要西药也能恢复／不要去打扰此时的状态，一旦离开／就会泛滥成灾"（《只缘身在故乡时》）。对故乡的害怕，也可能只是对故乡怀念的另一种方式，而对故乡的认同，对于一个还乡的诗人来说才是永恒的。故乡是否能容纳诗人的怀想？而诗人又在多大程度上对故乡予以升华？这很难构成一种双向的发现，不过就是诗人单向度的审视。"作为一个把异乡当故乡的人／当我谈起牧草、天空、童年和一片草原／它们在另一个春天再次走进我的生活／其实，这一切不仅有我的童年，还有／我的骨骼、性情和爱"（《亲爱的生活》）。故乡是熟悉的，只有在故乡时，诗人才可以不用想象，而仅以惯常的经验就能融入那样一个空间中，并与故乡同构成一道风景。

在不同的精神坐标系上，诗人以诗的方式向故乡致敬，这也是安然为自己设置的精神堡垒，当然，她也不用时刻想着去跨越它，她能做的就是在诗的精神旨意上维护它的神秘。不同的人对生养自己的家乡持有不同的看法，更多人靠近它的方式就是身在其中去感受，去呼吸……安然以歌唱、想象、呼喊和倾听的方式去启动怀念故乡的程序,让故乡成为自己心目中"流动的风景",却又时刻怀有"一个异乡人的无奈"。因为她说:"这几年,在故乡/我们的爱愈加朦胧、羞涩和惭愧"(《请不要轻易说出爱》),这种内心的对立和挣扎,才是她愿意写诗且选择故乡作为内驱动力的根本。

二、词与物的辩证法

如果说安然是一个身在异乡的草原抒情者,这一身份认同并不足以巩固她在空间轴上对自己的定位,距离也许只是一道现实的坎,但当诗人跨过这道坎,而在精神上与故乡并置于一个坐标系时,故乡其实就已经内化成了她写诗的隐秘动机。她所有的那些言说和想象,都可能是故乡作为精神的一种思想和美学延续,因此,她并不避讳去重复别人"喊故乡"的先例,这聚焦于远方的感念,来自诗人根深蒂固的血缘乡愁。那么,只有以更开放自由的书写去释放内心的秘密,才会那样不拘一格地呐喊、申诉,"陌生人收信,写我的/忏悔、卑微、谎言和贫瘠/写我的坚韧、无情、执着/和欲言又止,叹息——"(《陌生人收信》),这一明晰的逻辑里被诗人放置了敏感、激情和言说的冲动,否则,她也不会以近乎高潮的形式切入每一首诗,这种看似想当然的出其不意,正是在提醒我们:最个人化的表达,方可通向最具公共性的乡愁之意。如果我们都是一味地诉诸凋敝的乡土和惨淡的现实,那种过于社会化的时代介入,会不会破坏作品在诗性正义上的内在平衡?安然肯定也考虑过这样的问题,但她只是在记录自我的体验和客观感受,记录她对故乡的"文学性"想象，此为最高的诗性所在。

在读安然的诗歌时，除了共鸣于她对故乡的书写之外，我们的代入感更多源于她大开大阖的对比，那种词语之间的反差所构成的张力，正是其诗意的源泉。"好像我对着余晖喊，故乡／才如麦穗一样拔节，好像只有这样／在身体里牵出一匹马，放养／一群羊，再把草籽种在血液里／故乡才能兀自生长，好像只有这样／我把一次次的失望和苦难说给它听／山水才能夜色撩人，露珠／才能在叶间蒸发，我／才能对着万物喊出明天／是这样的节奏和情感，渲染／这样的氛围，故乡才能隔着山重水复／成为我一生深爱的地方"（《喊故乡》），对故乡的深情和爱意，通过声音转化成文字，方可显出难度与力量。和具有神经质型的内向型女诗人不一样的是，安然的诗歌写作是向外的，这体现为她以奔放的想象力承担了对童年、记忆与乡愁的重新发明。那种飞扬的气质，一方面来自其古典文学的修养，另一方面则是她在哲思层面对词语的敏锐变形。而在传统和现代之间，诗人寻找到了一个恰如其分的点，由这个点进入到语言的创造中，感性与理性融合的那种深层次的知性之美会逐一呈现。安然的诗在这些方面是透明的，也就是说，其语言表达的质感和经验书写的维度，能在抒情的面向上达致某种特别的境界。

确实，在经典层面，安然的多数诗歌都是诉诸心灵的回声，即对生活的有感而发，可她不同于其他很多诗人的地方在于，相比于写什么样的主题，她更注重诗的表达本身，因为她写下的首先是诗，其文字才可承担诗之外的功能。无论是赞颂，还是控诉，她追寻的仍然是"词与物"的命运感。她的诗有的带着豪放之风,像《宠我》《大于古代春秋》《饮酒时》《拥有》《将军》等,大气中带着古意,强劲的话语拓展如同庄严的旷野呼告。比如,她吟唱道:"我用晚霞迎接春雨,用一碗酒/敬天地和祖先,我举杯/高过头颅,用内心的旷野饲养牲畜"(《牧区小景》);不少时候她也出示自己的婉约品味,叩问时间和命运的密码,"假如,光阴可以暂停,可以/像钟表一样发出嘀嗒声/我一定要垂下双手,驻足/然后致敬每一个时辰/致敬荒原上起落的尘土/和大海上每一次潮汐的涨落/我有细小的忧伤,垂于/烟云之上"(《烟云之上》);在激越昂扬和婉转低回之外,诗人也钟情于那些自然的平和与纯粹,她需要"慢"来为生活正名,"让我的生活再慢些,慢下来/就可以回头看看走过的路,比如晚风中的雪花/比如林间的鸟儿,比过去更欢悦了/比如童年时种下的小树,经历多少年的风风雨雨"(《生活,请慢点》)。在安然的诗歌中,她像一个满怀柔情的帝王,以壮烈的悲剧感写出"让欲望膨胀,装下山水和亲人"(《变大》)这样的句子,大起大落,刚柔相济,那种跌宕之美,正是她在词与物的辩证法中领略到的诗之精髓。

  安然诗歌中一个很重要的主题,即她在词语和经验的交织中寻求诗的可能,以对话也好,用独白也罢,一切创造都在围绕着现实与想象、表达与体验这些具体的细节,来确立自己的语调和美学姿态。词语是她写诗的工具,也应该是她最为看重的文学元素,它们虽然没有具体的形状,但对于诗人来说是有精神重量的,她可以用其辨别诗的质地。尽管她说自己只愿"做一个小小的词","哪怕与卑微相连"(《愿做一个小小的词》),这个愿望本就是将自己放到了一个词的位置,这并不是降格,也非傲慢,恰恰是一种精神视域的提升,它会让诗更富意蕴和原始的力量感。在词的身份之外,诗人的职责就是用词语建构自己的诗歌王国,此时,做一个盗词人也是打破"语言的牢笼"之后必然的选择。"我愿做盗词人,盗取镜湖水/盗取旧时波/再用一个时辰,盗取/这盛世,如你所愿/等你纳怀"(《盗词人》),有人也许要问:难道就不能光明正大地使用吗?在诗歌里,只有"盗"才会显出词语独一无二的珍贵,那种微妙和神秘,也只有在富有挑战性的"盗取"中,才可获得它应有的分量和超验性。既然接受了做一个小小的词或成为一个"盗词人",那么,诗人与词的缘分就已注定,此时悬置于诗中的问题就是:词如何在其笔下化作富有灵魂的个体,端赖于她怎样开启那道通向创造的词语之门。"当我写下一个词,甚至更多的词/我就要一一接受它们的争吵/接受它们的疾病/我愿意在河边,搂住它们/看它们在一首诗里/死去活来的纠缠/一次次从暗地里复活,对我说/各种神秘的、复杂的、生僻的词/在日益衰老中,它们/让我恐慌和惊喜"(《词语》)。这是诗人对词语恰如其分的阐释,她以亲历者的身份强化了词语在诗歌中的真实命运。词语在想象和经验的革新中出场,可能正意味着某种精确性的要求。安然写的《北京时间的背针》,从午夜到中午,恰如一个时间的轮回,时间的精确性和生活的延续性之间构成了诗的分寸感。于是,表达需要打破模式化,以词语重塑经验,比如诗人说她要"用星光把沟壑填满"(《十件事》),这的确是可还原之笔,而更多时候我们只能在纸上完成。因此,使用词语很大程度上也是冒险,这不一定是针对词的合法性,而是它能否更精准地获得有效安置。

既然诗人流连词的光景,她就是将词当作了有生命、有气息的经验之物,继而让它们有趣味、有思想、有力量。诗人与词语成为一个美学和命运的共同体,以此来接受"诗意"的检验,那么,所有的词也就构筑成了诗人的精神家园。"我允许文字里着火,充满险情/诗人像野蛮人,小说家机关算尽//我允许文字里埋伏着子弹、火药/一切可以致命的,包括毒气//我允许文字没有温度,爱和恨/没有一种情感让它死去活来"(《文字里着火》),各种词语和经验的组合,所带来的就是文字的冒险,这就是安然诗歌写作的自我折射。诗人的理想对接了诗歌的现实,如其所言:"欲望分行成诗"(《女人》),字词间皆是"天地有大美"的修远之意。词语在诗歌中的投影,于本质上暗合了"文字着火"的奇异景观,它是创造的一个隐喻,也是诗人作为精神生产者的使命之所在。

三、在爱中确立生活的向度

词与物在经验和想象的世界里如何可能?这应该是很多诗人都会面临的难题,它既是技艺的,也是美学和精神层面的疑惑。但词语作为安然诗歌写作的重要支点,其价值如何体现?诗人显然是希望在自己的写作权力范围内为它们在创造的意义上赋形,这样,词语作为救赎的力量也能充分展现其独特的魅力。让词语呈现魅力,我觉得是安然诗歌在经验书写之外最具启蒙性的创造,她的打开方式带着冒险的色彩,必定关涉一种鲜活的穿透性，这是天马行空的想象所不能完全涵盖的，它必须联于为人生的书写机制，从而让那些飞翔的文字也能获得"向下"的维度。

当然，"向下"并不是极端地趋于世俗，对于安然来说，"向下"更像是她写作上的方法论，而在这种接地气的书写中，她又尽力用词语铺陈出一个更为阔大的人性现场。也即她面对世界真相的选择，首先就是对自我的审判和考辨，在具体的历史和时代语境中，其参照也可能是词语的当下运用。"我总是想表达的再真实些、亲切些"（《我的表达是这样的……》），什么样的真实会逼近真相？这样的真实最终会被词语本身所改写和收编吗？就像我们在生活中陷入悖论，可又不得不去面对。"面对世间的大，我无能为力"（《小小如我》），这才是人生的真相，但我相信诗人并非悲观，她只是承认了自己的局限性，意识到了困惑的存在。就像她写道："面对世界的大，我们说不出一个夸张的词"（《与岁月一起平湖烟雨》），她将自我的局限性和世界之大放到了一个语言系统里，是要以这种对比反抗乌托邦的想象吗？而在词语的桃花源中，一切的质疑、拆解和重组，都体现为创造的智慧。即便是针对词语和经验之间的悖论，诗人也会以更新自我的方式去挣脱束缚，在观念与文本的对接中呼应词语的意志。

因此，我格外看重安然诗歌中以各种词语和意象罗列所构成的辩证法，它们虽然属于生活的一部分，然而，以诗人的哲学功底衡量，这样的写作更具难度意识和生产性。"不可能什么都是直的，你要静下来／承认河流是弯的／月亮是弯的／你脚下的路是弯的／你弯一弯身子，拿起的／镰刀是弯的／还有什么是弯的，比如命／始终是弯的／比如河流，只有是弯的／才能生出一颗颗珍珠／只有是弯的，才会有／流水潺潺和涌泉奔流／这一生，不可能什么都是直的／偶尔要弯一下，然后／再弯一下／只有是弯的，更多的事物／才会是直的"（《偶尔弯曲》），弯和直这一对生活中的辩证法，看似观念的产物，其实它无不源于生活的点滴，这种规则不需要诗人作自我建构，它如同真理的存在，无须刻意去论证，只需以具体的真相和行动去验明其合理性。如果将这种真理置换成日常经验，辩证法会挪移到对生活的理解，这同样可以推演出经验和想象之间的复杂纠葛。"有时，承受一些苦难、孤寂、危险／急躁、恐惧、压力、慌张／没什么不好"（《八月》），当诗人认识到这样一些生活的辩证法时，她其实已经将人的分裂性置于了一个可理解的范畴，这些人生的命题不一定就是深渊，它是生活赐予我们迟早要经历的"故事"。就像我们要承认自己的局限性，而不是无所不能一样，每个人都要允许人生中有不完整，"感谢不和谐赋予生活的故事性"（《新年快乐》），从这样的辩证法里，也可以看出诗人的价值观，这不是简单的包容，我们能从中看出并找到生活的平衡性。

当安然携带着辩证法来审视自我时，她也可能在总结里面对那些无法改变的脾气和习惯，这是她在对自我交流中相伴而生的那些真相的透视，"一年来，我并没有改变坏脾气／我继续东张西望，与他人／争辩一个词语的用法，继续／排斥动不动张牙舞爪的人"（《这一年》），诗人的日常状态反映在工作和生活中，同时也会折射在分行文字里，她不用刻意过滤那些被美化的部分，直面现实，或许正是她的自我期许。如同她在诗中所写，"对万物好一点／原谅燕子的不归和孩子的不学无术"（《听你唱》），这种超越性指向的是诗人的自我完善：很多事情能够放下，这才是对生活辩证法最好的认知与践行。跟生活采取对话的态度，需要以爱来作为保障，这不仅是生活的修行，也是其诗歌的内在素养。安然有一首诗叫《释怀》，虽然看起来像是"纸上谈兵"，但这种言说处理的也是行动本身。"再次陷入时记得释怀／对爱的人，要有新娘般的娇羞／对牵挂的人，要说出全部的祝福／对厌恶的人，更多要隐忍／用多种方式接受不完美／甚至接受他的残缺／记得释怀，对所有相识或陌生的人／这胸襟要像休斯敦的海／也要像镜中的海，清澈蔚蓝／让无边的细浪翻过山头／记得释怀，掸去头上的雪／和心底的恩怨"。即使这是诗人对人世美好的想象，它在诗歌里的呈现也承载着一个人的努力和期待，人性的彼岸未必能最后抵达，但这一靠近的过程同样也是对诗歌神圣之光的点亮和延续。

释怀也是一种爱的形式，正如生活的丰富性一样，它表现为人性的多元和复杂。我们在这样一个面向上来进入安然的诗歌，会发现她更多时候是在要求自己凸显变革的主体性，以词语和诗歌的名义重新梳理那些日常经验。它们也许是明晰的，也可能是缠绕的，但诗人不是依赖强力意志，而是在对话中去试图寻找超越的路径。"如果我爱你，就要接受／你日渐衰老中的迟钝与疾病"（《如果我爱你》），读到这首诗时，我想到了叶芝的《当你老了》，那种超越爱情的能力，虽无法完全摆脱宿命感，但它可以转化为对生命更高的执着。对人世心存悲悯，对他者怀有怜惜，诗人不用过分强调"生活在别处",她刻写的当下就是对时代最为清醒的命名。比如,在《恶时辰》中,她从乡里老人的死亡联想到了姥爷生前的点滴,那种温馨和残酷交织的画面,是诗人回溯记忆时所能洞察到的最深切的爱。还有《在小旅馆遇见》里对带着两个孩子生活的女人的无奈,诗人没有表现出过于主观的愤慨情绪,她甚至只是在作客观记录,可生活的不易与艰辛,随着"故事"的继续慢慢展露,这种爱拒绝空洞,但它最后是否还是通向了某种虚无呢?

对爱的呈现里,隐含着诗人对生活无尽的反思,安然没有对其作更多的揭示,她以切实具体的方式为爱正名。她写的《妈妈》《爸爸》《妈妈,白发》等诗,都被划归到亲人之爱,这种爱理所当然,可她还有更多的爱诉诸无形。虽然她的很多诗中都有爱的字眼,甚至直接去写爱,但这种爱的书写中隐隐地潜伏着爱的"批判"。这种批判不是抱怨,它更多表现为爱的不易。"为了爱你,我在体内豢养虎、豹子/一种邪气也开始滋生"(《为了爱你》),这种爱需要付出多大的代价,才能换回对爱之真谛的重新认识?"为了背负更多的爱和友谊/我宁愿攀缘这峭壁"(《背负晚霞》),这种冒险的爱是需要被建构的,正因为在危机之中,爱才被赋予了更高的精神价值。其实,不管是大爱还是小爱,无论是广博的爱,还是浓缩的爱,最后都会指向爱的转化与融合。在《我嫉妒它们没有孤独、性情和爱》《冬日小夜曲》《热爱生活》《黄昏后》等作品里,我们可能领略到的是近乎乌托邦的爱,那些超现实的爱,都是具体之爱的幻化,但并不是爱的瓦解,而是爱的凝聚。爱的差异性,就像词语的变形一样,也是在宁静中达至了某种幽暗之美。"我们住到月亮上,让我们的爱/覆盖人间"(《住到月亮上》),想象与童话构成了爱的两极,我们面对词语本身,也就是在通向爱的澄明之境,当月亮上的爱覆盖人间,这画面如此灵动,如此丰盈,也让爱与诗如此饱满。

刘波,1978年生,湖北荆门人,毕业于南开大学,文学博士,现任教于三峡大学文学与传媒学院,中国现代文学馆特邀研究员,北京师范大学博士后,出版有《"第三代"诗歌研究》《当代诗坛"刀锋"透视》《诗人在他自己的时代》《重绘诗歌的精神光谱》等著作。曾获得中国当代文学研究优秀成果奖、"后天"批评奖、扬子江诗学奖等。

目录

第一辑　唇间草木，在风中葳蕤

在秋天，我是歉收的小女子 003
蓝色故乡 004
起风了 005
请不要轻易说出爱 006
我嫉妒它们没有孤独、性情和爱 007
今夜，我在家乡 008
坝上 009
在额尔古纳河岸 010
只缘身在故乡时 011
回家 012
给妈妈的诗 013
依附 014
乌兰哈达 015
妈妈 016

017 ...... 爸爸

018 ...... 喊故乡

019 ...... 黄昏

020 ...... 梓里新词(节选)

024 ...... 陌生人收信

025 ...... 背负晚霞

026 ...... 群山起伏的倒影

027 ...... 妈妈,白发

028 ...... 秋日即景

029 ...... 烟云之上

030 ...... 出发前

031 ...... 坏孩子

032 ...... 夜半思

033 ...... 夜色迷蒙

034 ...... 远山

035 ...... 在牧场

036 ...... 原上秋草

037 ...... 三月的山风

038 ...... 如同我

039 ...... 遇见童年

040 ...... 儿时记

041 ...... 恶时辰

042 ...... 河岸上的雪花

043 ...... 想起小时候

044 ...... 深夜,在山中

秋风颂 045
仰望星空 046
一生的减法 047
苏木 048
牧区小景 049

第二辑　在日暮黄昏，爱着自己

低头 053
遇见 054
打磨一缕光 055
小狐狸 056
沙滩笔记 057
藤蔓 059
小小如我 060
如草木，如秋花 061
林间 062
致而立之年 064
检讨书 065
我的表达是这样的…… 066
人间平凡的苦 067
我是冰 068
文字里着火 069
褶皱 070

071 ...... 预谋的忧伤

072 ...... 亲爱的生活

073 ...... 疑问

074 ...... 一无所有

075 ...... 冬日小夜曲

076 ...... 拥有

078 ...... 愿做一个小小的词

079 ...... 将来

080 ...... 释怀

081 ...... 成都小记

082 ...... 女人

083 ...... 十件事

084 ...... 我害怕

085 ...... 一人之悲

086 ...... 来世,我要做个男人

087 ...... 生病的日子

088 ...... 八月

089 ...... 挽留

090 ...... 湖水的蓝

091 ...... 那时候

092 ...... 飞鸟

093 ...... 大于古代春秋

094 ...... 变大

095 ...... 遗憾

096 ...... 生活,请慢点

卑微者 *097*

饮酒时 *098*

这一年 *099*

干巴巴地走 *100*

战栗 *101*

取经 *102*

小洲村 *103*

长川美 *104*

站立 *105*

这三个月 *106*

浪漫北部湾 *107*

是小乔木落在水边 *109*

第三辑 今年冬天,别有深情

为了爱你 *113*

这般红 *114*

北京时间的背针 *115*

小妖精 *117*

种美人 *118*

宠我 *119*

给你 *120*

热爱生活 *121*

如果我爱你 *122*

123 ...... 黄昏后

124 ...... 迟到

125 ...... 偷影子

126 ...... 听你唱

127 ...... 新年快乐

128 ...... 在人类苏醒之前

129 ...... 疲倦之美

130 ...... 赞美

131 ...... 小哥哥

132 ...... 住到月亮上

133 ...... 偶尔弯曲

134 ...... 反复清洗的女人

135 ...... 在小旅馆遇见

136 ...... 我在风中等你

137 ...... 舍不得

138 ...... 离开时请带走

139 ...... 爱你之前

140 ...... 与岁月一起平湖烟雨

141 ...... 我想你是……

142 ...... 请你到……

143 ...... 将军

144 ...... 今夜

145 ...... 我喜欢……

146 ...... 你我之间

147 ...... 像云,什么都不说

你要替我完成 148
一双人 149
一平方米的爱 150
盗词人 151
找你 152
数星星 153
探险记 154
在旷野 155
观影有感 156
攀缘 157
扔石头 158
宽窄巷子 159
词语 160
爱我，爱我 161
一个样子 162
探望 163
杜草堂 164
身份 165
姿势 166

◇ 第一辑

唇间草木,在风中葳蕤

在秋天，我是歉收的小女子

我不愿接受一些事实，比如：
七月二十，我的户口离开了苏木
我与亲人隔了诸多城市
要习惯粤语、回南天、七个月的炎热
在秋天，我并不比谁过得潇洒
我羞于怀念家乡的事物
我不懂民俗和历史，如此顺理成章
在秋天，有人歉收或丰收
说起少小离家的人，我不愿承认
我的虚伪、自私和狂妄
我的口是心非
我是歉收的小女子
在秋天，如果有一场雨来临，我要
携带闪电和雷鸣
在窗前，为对面楼顶的小树祈祷
它多像我，孤零零地望向天空
艰难的样子
无家可归的样子

蓝色故乡

西拉木沦河畔涓涓细流从南向北
问候祖先、族人、山川和草甸
岁月燃烧着的大牧场,我的故乡
在牧人的马背上种植广袤和靛蓝
驮着一个个节日走过春生夏长,秋收冬藏
一系列的事物就静悄悄地
生于春暖花开,眠于寒冬腊月
仿佛故乡中央那棵老树
随着一茬茬出生的儿女走过年轮
在风声中,雨滴里,羊群中,吆喝里,慢慢变老

而我,就是在异乡寻找相同的姿势
奔向死亡的那个,就是
常常在深夜里怀抱烂熟的汉字啃噬今生的那个
蓝天和白云拼接的蔚蓝色,我的故乡

那些语言、文字、服饰、古老部落的银器
和节日里的马奶酒在干净的时间里打盹
我曾多少次在梦里念出故乡的名字
念出清亮、明澈和色泽
念着,念着,就到了天明

起风了

这些年,我意志坚定奔向南方
故乡的风凶猛彪悍,携沙带尘
在大牧场耀武扬威
牧民都怕它,我也怕
每年春天,它会吹断电线网
吹散羊群和草垛
吹走我的草原,只剩裸露的黄土
在荒凉的四季呜咽
我害怕,躲到山城和羊城
这几天,我在梦里又遇见了它
好比从前,把我的皮肤吹到皲裂
把我的眼睛吹到流泪
一次次把我从睡眠中吹醒
起风了,在心中越刮越猛

请不要轻易说出爱

在故乡,请不要提及我
不要说出,一个异乡人的无奈
不要说走就走,记恨离别
不要说艰辛,谁又何尝不是
你要谨言慎行,爱一个人
爱一些细微之物
请不要爱上,不要轻易说爱
或不爱,在故乡
我乞求你什么都不爱
不要轻易说爱这寸土地
爱亲人胜过爱自己
爱在这里的每一个时辰
我们都是渺小的人,请不要
轻易表达你的悲伤
我的欢喜,也不要说出
这几年,在故乡
我们的爱愈加朦胧、羞涩和惭愧

我嫉妒它们没有孤独、性情和爱

我嫉妒月落乌啼,嫉妒
黄叶拥有整个秋天
嫉妒在围场熟睡的人
至于那只雀鸟,我也嫉妒
在山野,我嫉妒蒿草生长,甚于
旱獭流落荒原,嫉妒明月
总是低于山腰
风继续缓缓地吹,光阴被折叠
老人克服顽疾,妇人迈过春天的门槛
年轻人远赴他乡,摇晃的
万物露出一点点白
在旷野,我嫉妒万物凋零
嫉妒它们没有孤独、性情和爱
嫉妒它们没有可背负的
青山,和一个认真牵挂的人

今夜,我在家乡

九月初的赤峰,夜凉了,需要被子
外套、长裤和一杯热水
中秋的月光提前照进我的房间
落在干净的地板上
没有任何声音惊醒我的亲人
关于我在牧场放生的
一窝蚂蚁,不知它们是否
准备冬眠,是否像我
因为明天的离开而彻夜难眠
还是正在昼夜兼程的搬家
搬走卵、幼蚁和粮食
一想到它们弱小的力量,我就羞愧
其实,我多想加入它们的队伍
将这里一起搬走

坝上

马蹄停下来,我好奇牧人
如何在河边放生受伤的水蛇
他用鞭子抽打草叶,一群山羊
便开始奔跑

我注意到云间的野茫茫
河流上游一棵歪脖子的老树
挑水的人出入毡房
一头黄牛在草丛里顺产
野兔终于逃脱了猞猁

马蹄再次停下来,大地离黄昏
近了,牧笛离月亮近了
在坝上,我离众生,近了
一切都近了,唯有我的肉体
和灵魂,日夜马不停蹄
在南方野蛮地生长

在额尔古纳河岸

在额尔古纳河岸,我拿走了
石子、刻刀、尺子和一条绳子
我试图靠近一位古稀老人
她安详、宁静,有一股强大的力量
这力量是直的,来自云霄
大雨落在南山时,我试图
托起云团,它饱满、洁白、柔软
有世间的美学,静——
如果有一天,你看见众鸟高飞
就要想到眸子里溢出来的静
这些洁白的、平凡的、说不出道不明的
一种被你我忽视的,静——
它更接近于神圣
和永恒

只缘身在故乡时

在故乡,我才能睡眠充足
吃更多的粮食和蔬菜
不必担心肥胖和明天的事
出门,跟乡里人东拉西扯,一上午的时光
没有人在乎我的语气和一不小心
也没有人查看我的背景和经历
只有在故乡,我才能不化妆,不戴胸罩
上街买菜,逛超市,抱回一筐的橘子
照镜子,每一个表情都是从心里长出
真实得像风,来去自由
在故乡,我才能平静,与若干细小的事物相连
隐于心的痼疾不需要西药也能恢复
不要去打扰此时的状态,一旦离开
就会泛滥成灾

回家

是乳房,是味蕾,是青萍之末
是我,一个眼神
落在刃物之上
是我的不孝之罪

妈妈,顺着风
请不要回头,由衷地
倾听一个孩子的忏悔
请后退,带着一丝怜悯

是少女,是火焰,是冬日里
暴风雪堆砌在门前
是你的手牵住我的手
妈妈,我们在回家的路上

寒冷发出哀怨的叹息,妈妈
步伐在加速
在大雪中深陷的
是呜咽的风吹刮着我们

给妈妈的诗

妈妈,在这样的深夜
秒针追赶分针,嘀嗒,嘀嗒
像你的鼾声
我想抱着你,像你抱着我那样
妈妈,我想回到从前
我们并不富裕,我们只吃青苹果
和小车上叫卖的冻梨
我们一起拔草、流汗
被暴雨拦在山腰
妈妈,我想起那些年——
夏日炎炎,穿梭在草丛里的女人
她在嘎查分娩,把青春献给大地
她无私,却也自私
她爱她的家人,高于一切

依附

我依附你,像蝴蝶依附花蕊
华子鱼依附达里湖,像喀喇沁王府
走出的花荫公主依附塔布囊
也像鲁日格勒舞在民间

我依附你,在某个清晨
露珠落在一片叶子上
我遇见卖奶酪和牛奶的人
在弓箭前争论真理

我依附你,隔着南北和生死
我看一条河流汇入另一条河流
我羡慕草原上的黑鹰
它们总在大雨中飞过我的童年

我依附你,不是永生
是现在乌拉穆沁的山羊在奔跑
白马非马成为哲学命题
我依附你,如星星般闪烁

乌兰哈达

或者比冬天更为寒冷
乌兰哈达并没有下过一场雪

我喜欢寂静大于喧嚣
我独热爱清晨的霜

像顶碗的姑娘跳筷子舞
像一匹马游到乌力吉木伦的对岸

我在勒勒车上数风车
对遥远的白马雕像致敬

我要先敬我的祖先和同胞
再敬这九万平方公里的土地

妈妈

我想起从前，一个刮风的晚上
一个漫长的假期，一个夏天
我都在听你讲一九八〇年
妈妈，要像从前，在小世界
过小日子，要顺着风
听万物疲倦的声音，要这样
像秋蝉一样打盹
妈妈，我想起从前，汗水、旧衫
一张干饼、黑土地
被无限放大的春耕和秋收
我想起从前，贫穷像铁钉
顽固、生锈，在潮湿里滋生菌斑
扎进生活的根部
扎进我深藏的记忆和肉身

爸爸

你望着风,我明白你的
言外之意——
二十几年,我明白你
鞋底的泥土,身上的灰尘
无奈一次又一次
我明白你低头、挥手、不吐一字
和你躬身时的谦卑
你微笑的眼睛噙满了泪水
爸爸,当我长大,明白了
生活的难和苦,就像现在
我明白了你的难和苦
一刹那,碧波开始呜咽
爸爸,我明白你
我明白一位父亲的难和苦
我绝不说你的沧桑
和苦难

喊故乡

好像我对着余晖喊,故乡
才如麦穗一样拔节,好像只有这样
在身体里牵出一匹马,放养
一群羊,再把草籽种在血液里
故乡才能兀自生长,好像只有这样
我把一次次的失望和苦难说给它听
山水才能夜色撩人,露珠
才能在叶间蒸发,我
才能对着万物喊出明天
是这样的节奏和情感,渲染
这样的氛围,故乡才能隔着山重水复
成为我一生深爱的地方

黄昏

该用怎样的词来形容它,在牧场
黄昏是你的
风是你的
落在地上的羽毛是你的
我听见牧民歌唱,是你的
在牧场,云朵是含蓄的,河流清澈
是你的
嗒嗒的马蹄声,是你的
我们躲进白帐篷,弓箭是你的
木匣里的银器是你的
大碗的酒,喝下去,是你的
在牧场,骑马的少年,是你的
土地上的黄昏是美的,是你的
我也是美的,是你的

梓里新词（节选）

1

传说我们是达尔扈特的后裔，信仰
萨满教。祭天，祭火，祭尚司，祭祖先
我们走过的额尔古纳河，住着族人
有我们的原始崇拜
有天父地母
有草木，河流，勒勒车和苏勒德军旗

召庙里描金的神灵
佛塔下飞起的经幡
节日礼宴上的术斯颂词，以及
孔雀尾，双柳叶，连环结，烟勾，琥珀
和珊瑚。在千年里
包容山河，岁月和满朝的风雨

2

我们都有着相同的血液。川流不息
从宣德年间，经过游牧，通婚
改朝换代，历史就会东奔西突
我们安营扎寨，起了一个
好听的名字：阿鲁科尔沁旗
一个部落的近卫军，配弓箭，扎马步

那些河流，千百年流淌啊
马匹，羊群，还有我们身后的羊羔花
都是远方。蔚蓝色的故乡
一茬茬出生的儿女的故土
中华民族的五十六分之一
祖国的一百一十八万平方公里

3

在地球的北纬43°，东经119°
在古城庙会的佛前
在嘎查牧场
我们过自己的节日，放鞭炮，挂彩灯
或者说汉语，包粽子，贴春联
火红的中国结，同心结，祥云结，桂花结

草牧场,苜蓿花匝地的艳
清澈的树影
山川连绵,收纳天空的湛蓝
这里没有长城,没有镂空的小蛮腰
没有张爱玲,没有王安忆,没有
辫子姐姐。这里只有风吹的牧草

4

有时,我们用羊羔皮护体,遮起
满城春色,阻挡北方刺骨的寒
那些小牲畜在月光下,在甸子地
在旧遗址,脱毛繁衍
饮进时光
饮进生活的七荤八素

用千年的路铺成我们的成长岁月
游牧,农耕,羊毛,绿豆和高粱
被写进纸张的依旧辽阔
就像远方的银河
有流星划过的地方就可以许愿
我们害怕门庭若市
也害怕无人问津

5

我们经年数月,玉龙的故乡就是
昭乌达盟。那达慕,尤其是冬季那达慕
我们的记忆
生于冬季的赞歌,如斯而盛
腰间的红木,鞘上的云纹
想到这些,我们是多么富足啊

想到远古
想到前朝,数不胜数的马蹄
想到我们的同胞,血浓于水
想到红山文化正在走向世界
想想远方的人,和我们一样
生活在故乡,相亲相爱

陌生人收信

我要给你写信,陌生人收信
写我的悲观世界,和窄小
逼仄的灵魂,写下
一棵棵稻草,和胭脂红的往事
还要写我的故乡,草原上
吹来清爽的风
在溽暑,我要给你写信
陌生人收信,写我的
忏悔、卑微、谎言和贫瘠
写我的坚韧、无情、执着
和欲言又止,叹息——
我要给你写信,陌生人收信
写我平淡的生活,和门前鼎沸的话语
我要写冬牧场的雪,平凡的人
额尔古纳河垂钓的游人
和亲人一直固守的土地

背负晚霞

此时,应有海浪在身体里翻滚
蛇绕过村庄,风吹向桂花
我逐渐迷恋山峦的起伏,和湖面上的
涟漪,它们平静的走势
在高处,我羡慕鹰穿过云霄
在低处,我羡慕小人物的光芒
如今,日光披满荆棘,叶片散出毒汁
我该是那个上山的人,背负
青春的晚霞和河岸的彩虹
为了看一眼落日,为了坟岗上
丛生的杂草,为了伟大的乡村文明
我的身体里乌云密布,骤雨成河
为了背负更多的爱和友谊
我宁愿攀缘这峭壁

群山起伏的倒影

我在群山起伏的倒影里
把白茶壶洗了又洗,我等
下山的砍柴人,一边喊我娘子
一边把板栗翻炒,我给不认识的
野花野草起好听的名字,给
青山和云朵绣上羽毛,给生活
涂脂抹粉,口红用胭脂色
我在倒影里修炼功法
我得让自己比大地富饶,美貌
赛过晚霞,我比雪花
还要洁白,我在倒影里
跟达官贵人喝酒打牌,接济
山庄里的孩子,夜深人静,我张扬跋扈
跟男人撒娇,死活都要做王的女人
一天,两天……我的爱
在秋天的稻穗上此起彼伏

妈妈,白发

这是弟弟的,这是爸爸的
这是我的,妈妈认真地数着
在去年春节的一个早晨
窗外大雪纷飞
整个小区都是白茫茫的一片
妈妈出门扔垃圾,雪花
落在她的头发上
越落越多,就着北风
大雪中,一步一深痕
我站在楼上向下望,一个背影
在冬日瑟瑟发抖
怀里的芹菜是绿的。我透过
玻璃,看见雪花在融化
几根白发在妈妈的发间生长
生猛而迅速
执着,而不留余地

秋日即景

再后来,我越走越远
在午后,在静静的夜晚
在一个人迷路的时候
我会越来越惦念额尔古纳河
被青草串联的四季,陷入
黄昏里的牧羊人
一阵秋风吹过的打谷场
天空有一望无际的蓝

现在,山水之间,隔着烽火
一刹那旺盛,一刹那
熄灭在记忆里
现在,我已病入膏肓
清醒时,也迷恋城墙之外
我用双眼丈量每一寸土地
被碾过的车辙
失去秩序的黄昏
在河岸之滨,我看见
小田鸡,用尽全力啄食几只幼虫

烟云之上

我细小的忧伤是真的,我在
一个人时郁郁寡欢,也是真的
假如,来生我是一株植物
一定要在荒草丛生中找到故土
一定不能摇曳,不能
面对苍穹,小看低飞的鹰
一定不能像这样,假设生死
在人世间虚度光阴
假如,光阴可以暂停,可以
像钟表一样发出嘀嗒声
我一定要垂下双手,驻足
然后致敬每一个时辰
致敬荒原上起落的尘土
和大海上每一次潮汐的涨落
我有细小的忧伤,垂于
烟云之上

出发前

不用自责,也不用情绪低落
尽管收拾好满院的谷粒
装好喜乐和忧愁,再看一眼
葵花、豆荚和高枝里的天空
站在瓦片上,再数一数远山的牲畜
指使弟弟去买啤酒和炸鸡
车再次陷进沙坑,我们要再去一次
召庙和扎斯台,跟蒙古人结拜
傍晚,我会再骑一次骏马
穿过树林找走散的小牛
我要赤脚走进一小片沙漠
把滚烫埋在脚下——
我要在牧野四合的晚霞里
再对着远方大喊一声:你好,再见

坏孩子

在人间,我们假装结婚生子
大女儿叫花想容
小女儿叫花弄影
我们蓄谋一场飞来横祸
有人横死,魂魄不能入祖
我们假扮道士,会法术,能斩妖除魔
用骗来的银两买狗皮膏药、逍遥粉、鹤顶红
番木鳖、夹竹桃和断肠草
如果有人拆穿我们,就扮成厉鬼
在黑夜吓他们的亲人
把盗来的法器藏在乱坟里
我们在路上欺负孤寡老弱
让她们光脚走路
不准哭,不准喊,不准告诉家人
小时候,做游戏
我常常这样对表姐说

夜半思

我离开那里,月亮就弯了
我想念那里,天空就下起了雨
写几次那里,我的心就跟着痛
隐隐作痛
旷日持久地痛着
好像我的神经,在那里
只要风一吹
我的身体就开始颤抖
那么多离家的人
那么多行走、奔跑的人
那么多像我一样的人
他们是否会在某个深夜,想起
千里之外的故乡
和熟睡的亲人

夜色迷蒙

这寂静来自它们低头吃草的样子
来自河流里的一弯月亮

如果苜蓿草会说话
我宁愿这个夏天再漫长一点

我想放生一条蛇
如果明天就要晴转多云

如果今夜没有争吵和敌意
假设岁月还可以来日方长

我还能在烛光中穿过一缕风
雷阵雨恰好有自己的情调

我想圈养一群羊或一只狼
姓氏随我，血缘随你

远山

上山的路指向下山的路，白云
约等于大雾，浅草高过秋黄
挑水的人走出二里路，再走一里路
转向北，把石槽搬到围栏下
撵牛的人加紧步伐，风呜咽
寒冷伴着风，车轮滚滚
喂牛的人要在夜色降临前完成劳作
为了关紧棚圈门，他又走了五十步
把一捆秸秆抱给牛，把圈门旁的
马鞍和铁锹扔进铁皮车厢
再走一百步，他就可以搬来春天
是的，再走一百步
过了新年，他就步入了老年
他就可以搬来春天

在牧场

我羞于说出它,在起风的夜里
我羞于说自己的年龄
很多时候,我羞于说出
自己的贫困,像干树叶一样
在秋天隐匿
我在天空下
和水里的云彩并排立着
我望着远方,熟悉的人向我招手
呼喊我的名字,一遍又一遍
在吹皱的河面上,一遍又一遍
我并不知道,一饮而尽的
是我的倒影、万顷草木
与些许弱小和谦卑
一遍又一遍,在牧场
在起风的夜里,我羞于说出
一个成年人的无奈

原上秋草

一直持续地绿,在秋阳下渐黄
枯槁,染绿——
像我从未间断的赞美

在风中,在湖边的林中,在每一次
雨落在草原的时辰
它们渐次生长,卑微而静默

大片的黄,在挨家挨户的山坡
在科尔沁草原的南面
在大风起兮云飞扬的眼前

被收割,被圈捆,在铡草机
唰唰的运作中,被成群的牛
收进眼底

三月的山风

我有一英寸的地方,让给你
让你飞,飞到树影里
让你美,美成另一个你
让你绿,绿满山坡

三月的山风,我有
隐秘的心事,告诉你
——满园春色是你的
——风筝是你的

我们发梢的柳叶垂下来
眸里的阳光温柔
脚下的一池春水被吹皱
三月的山风,你来了

我要把这地方,让给你
让你替代我吹拂
对面的炊烟,悄悄地
三月的山风,吹拂我

如同我

如同我,一个人走过山丘
遵守神的旨意,抗拒日光和飒飒的风
如同我,赞美敌人的歌喉,他们——
嘹亮如莲花在山谷盛开
如同我,月光在这个时辰,才能勾住
山峦的脊背,蝉鸣才能惊醒夜莺
送葬人才能守灵、哭泣
多么不好,如同我,面对众人哭泣
为过往忏悔时,拿出剩余的光阴
我虚弱,无能为力
秋阳下的蝼蚁,如同我,为自己的
弱小向人类致歉
如同我,在低处仰望星空
如同我,遵守,又去破坏

遇见童年

一整个下午,我都和她们在一起
落日时,我仿佛遇见了我的童年
一个红领巾少年
一个把唐诗写在手背上的孩子
一个小女孩,她瘦弱、胆小
被风吹乱了步伐
她小心翼翼地踮起脚尖
指着广场上的鸽子,对我说文字里的事
还有很多次,她一个人在雨中骑车
泥巴飞上去,雨水扑过来
这一刻,我仰着头,被雨水挡住了视线
亲爱的,我遇见了我的童年

儿时记

那时候我们穿一样的白衬衫
骑自行车穿过狭窄的十字街,抱怨
车过路边时腾起的灰尘
在课堂上,我们比赛背诵唐诗和宋词
(读得懂词句却读不懂诗词背后的故事)
写作业,一笔一画只为一朵大红花
黑板报是我们第一次炫耀成绩的阵地
后来,我们一起去学校对面的副食店买
两毛钱一支的棒棒冰。对着落日吹口哨
看路边鸭子的下场,听成长时岁月拔节的
声响,"那时我们年纪都还小"
再后来,我们把十八张面孔写进一张纸,烙进岁月
岁月泛黄,各自的故事被打回原形
黑板报上的故事,操场上的背影,副食店的小老板
召唤远在他乡的人

恶时辰

乡里的老人又死了，葬在屋后的大山里
我从来没有去过那里
听说大山就是坟场
有早夭的孩子，老死的婆婆，喝药死的女人
还有我患了肝癌而死的姥爷
那里的哭声特别凄厉，响在雷声里
每逢清明，我的舅舅都会跪在那里
磕头，烧纸钱，给天堂的姥爷
那一年，我很乖
姥爷骑洋车载我去政府上班
给我剥糖，给我买小棉袄，别人都没有
那一年，姥爷躺在地上，用白布蒙住脸
这是真的，屋里屋外都是哭声
我也哭，非要姥爷陪我过家家
如今，我在外地还会听到老人离世的消息
北方的牧场，大山里的坟场又长满了青草
我的姥爷就在那里，静静地守护亲人
偶尔也来到梦里，看看南方的我

河岸上的雪花

在腊月的北方,额尔古纳河流经的区域
落满大片的雪花
在腊月,我和妈妈说起十年前
赶车的早晨,从来都是雪落成山
我看着它降落、堆积、融化
变成一滴水,渗入泥土

那片门前雪,从来都是如此
落在人间一个小小角落
落在寒冬,灯前扫雪
落在我的指尖、发梢、眉宇,途经血脉、呼吸
和冲断的记忆
我一直这样看着它,落满发丝
我看着它,落在人间的门槛上

想起小时候

好多年过去,我还会想起小时候
多好啊,我不会算数
不计算得失,也不算计他人
我不懂是非,不分黑白
不用担心明天是太平,还是苦难
我只在乎桌上的瓜果
我会哭,抱着爸爸的一条腿拼命哭
我会笑,随时笑成另一个人
我会把手上的泥巴蹭在裙裾上
追着一群鸭子满院跑
我会偷妈妈的衬衫,假装大人
对别人家的孩子指指点点
多好啊,想起小时候
我还在爸爸妈妈的身边,我是
一个孩子,一个故乡人
一个有家可归的人

深夜,在山中

我只是走进去,坐下来
流星就覆盖了群山
深夜降临

我向后退,努力靠近一棵树
我的背后是黑漆漆的夜路
赶路的人发出轻咳,孩子
也会就此调皮
此时哭声四起,群山仿佛在呜咽
在荒凉的山中,我的
双腿会痉挛,眼睛会麻木
内心的鬼怪也会伺机而动
我继续后退,扮成一块石头
听草木抽打大地的声音
我一次次回头,望不见的
河流却停止了奔波

秋风颂

让稻谷荡起双桨，让北风吹干树叶
让夕阳缩短白昼，让节气穿过牧场的云
牧民忙着收割九月的天空
捡牛粪，搭马厩，围羊圈
秋阳踩着蹄印绕过墓碑
照着草原上的毡房、紫竹和铁塔
以及塔里消失的文明与安息的亲人

我在祖国的九月，在羊城
在大学城，用一支铅笔
素描北方，黄牛发情，兽医配种，牧人接羔
还有羊羔出生时的夜色
露出人世的斑驳与空旷

仰望星空

大概在很久前,面对星空中的月亮
我想起十几个春秋,穿梭而来
那么多鲜艳明亮的故事
我已经来不及细数它们。我的周围除了
被月色染绿的湖水,只剩下不能说出的秘密
那时候,我会想起远方,或更遥远的远方
远方该有多远
是万水千山,还是二千六百公里的总和?

在月亮面前,我不得不低下头去辨别湖里的星空
辨别脚下的事物和天上的悲欢
人间的生与死,我都要一一辨别
那时候,满城的风风雨雨啊
整个秋天,我坐在光阴里斟酌
与杂花乱草和白荻劲霜失联
我仿佛微缩在一个细小的世界里
走进来路不明的人世

一生的减法

我不会说出它的苦难,这一生
我的亲人在这里
如果,我做减法运算,从一个大数字开始
亲爱的故乡啊——
我要减去秋天的风吹过坟冢
减去一个背井离乡的人度过的日日夜夜
减去很多的悲伤、奔波和劳累

我宁愿接受负数,一直做减法运算
减去亲人的疾病吧——
减去邻居的猜忌吧——
减去我们的争吵吧——
这一生,我都在做减法运算
这缓慢的过程,减去了嫉妒、谦卑和矛盾
这一生,生命也做减法运算
从大到小,直到为零
结果为什么从来没有出现负数

苏木

回苏木的路上,有人带大箱子、酒和一碟花生
有人带围巾、杯子和一本书
有人去省亲,带了特产
有人去过年,带了一口乡音
有人跟我说这一年……
我低头,什么也没说
在回苏木的路上,有人带了
忏悔、遗憾、怀念,诸多不可能
出发前,我带了一个空箱子
现在,我宁愿什么都不带,除了法术
我想,把距离变短
把裸露的大地变成白雪
把苏木变成我一生居住的地方

牧区小景

我用晚霞迎接春雨,用一碗酒
敬天地和祖先,我举杯
高过头颅,用内心的旷野饲养牲畜
我喜欢看它们在河岸饮水
把前蹄伸进草丛,喜欢
它们对人类肆无忌惮,用犄角
撞向生锈的围栏,喜欢牧人扬鞭时
它们潇洒地走过黄昏
年复一年,我用草原的风
吹醉几匹幼马,我实在太喜欢
它们在晚风微熏的时候临盆
有时,我陶醉于舐犊情深中
我喜欢这场面,比磐石更坚定
在牧区,我喜欢它们跑在
白云的前面,一头小牛对着
另一头小牛撒娇,喜欢青草
在它们的嘴里反刍,此时
它们斜斜的影子落在水面上

◇ 第二辑

在日暮黄昏，爱着自己

低头

低于河流、青山、大地
低于檐下的飞燕
低于池塘里盛开的荷花,抑或
低于莲蓬的高度
有时,我低头就能看见生活里的波澜
林木让出了春天
有时,我低头,想让田野长出稻穗,脚印再深一些
我走过去,可看见临盆的狐狸
有时,我只是想走得稳一点
我低头,哪里都是秩序,雨露、深林、鹿群、高原
我都没有
我低头,低于尘埃,低于内心的山地

遇见

这一生,我会遇见变卦说谎的人
神经衰弱还要熬夜的人
缺少光芒和爱慕虚荣的人
我会遇见阴雨天都赶路的人
关节痛的人,在夜里死去活来
把膏药贴在小腹上的人
遇见对着我一言不发的人,大声
呵斥我的人,原谅我的人
爱我的人,懂我的人,像
我的爸爸和妈妈
欺骗我的人,说什么我都信
遇见怀揣刺刀和怀抱婴儿的人
河流干了,大海也干了
我遇见小寡妇把自己扔进水里
一对盲人,他们是恩爱的夫妻
没有什么比她们更美,在荷叶上跳舞的人
这一生,我遇见很多人
我还会遇见死去的亲人
他们隔三岔五来到人间看看——
尘世中忙碌的人,活着的人

打磨一缕光

我用光,做你柔软的身子
做你的骨骼,性情也是软的
整个冬天,我都在打磨一缕光
使它坚硬,可以触碰石头
最好经得起沧桑
要像一位将军,身经百战
很多时候,我用力打磨
差一点就把冬天磨坏
差一点就忘记了冬天的事
只差一点,我就能把光打磨成你的样子
是啊,还差一点点,我便能
打磨出眉毛、胡须、牙齿、鼻子
和一双注视我的眼睛
你看,我总是这么用力
试图打磨出一次轮回
一场只属于我们的盛世

小狐狸

我奔跑,把歉意留给你
落在肩上的雨花留给你
还有什么,这些汗水
正在与你的,一起蒸发
我看见池里的金鱼,游向你
顺便,把我头顶的月亮降给你
如果这些星星足够闪烁,我会摘给你
我把一切都给你,左边的梨花
右边的庭院
如果你喜爱这村落,送给你
种上春夏秋冬,还有小节气
门前流水,也能向西流
我奔跑,三步一回头
我看见小狐狸,望着你
这可爱的生灵,它多像我
奔跑,然后望着你

沙滩笔记

从同心桥到浪漫剧场,不需一刻钟
我想你,也不需一刻钟
我赤脚,把沙粒踩到深陷
我诵读,在聚光灯交汇的片刻
我想拉着你,穿过喧嚣和宁静
在海岸耳鬓厮磨,让海里的明月
照见彼此相吸的人
我想遇见少年的你,暗送秋波
我想轻敲你的门,给你煮水
用海里的波浪,和电白镇的晚风
我想……我想等你抽完一支烟
搂住我,喊我宝贝
我想写一首关于你的诗
关于诗人的诗,关于浪漫和爱情
我写下椰林,蘸着海水
我写下母贝,松林,游船和渔民
我就是她们
我看见木麻黄摇曳……
现在,我饱含激情,我要
把内心的高原和丘陵读给你听

你听——
泉水沸腾,海风呼啸

藤蔓

至少是六月，我像藤蔓一样
弯曲、缠绕，然后攀缘——
像茑萝，柔软、纤秀
像络石、凌霄、蔷薇、木香
垂吊生长
匍匐、蔓延，露出缺陷
有大片的绿
应是这样，像这些植物一样
绿——
自生——
缠绕一切可攀附的事物
比如：葡萄架、荔枝树、一根稻草
或者水中摇曳的影子
涟漪中闪亮的光斑

小小如我

我怀疑过我,人世中小小的我
小小的个性,小小的心愿
小小的身形
我的每一寸肌肤都小小的
灵魂也小小的
面对世间的大,我无能为力
我低下头,自顾自地悲欢
我确定,天无一日晴
小小如我
像风中的一粒,海中的一粟
像秋天的落叶
岁月了无尘

如草木,如秋花

我想这样轻轻地,如草木
在风中摇曳出一点点黄
我想这样无人知晓,在湖边
垂钓,与孩子们共享
教堂的钟声
我想这样湛蓝,甚于
画布上的海水
我是这样不动声色
用牙齿反抗,用炽热的
唇迎接短暂和忏悔
我想这样安静地,如秋花
如邻居家的猫,瞌睡——

林间

我从此隐匿山林
为草木说书,用泉水
煮粥煲汤,再从云间深处
提回一个篮子,豆荚、蘑菇、白果
和我春天种下的芥蓝

我从此不问世间事
无论几个孩子,都能背书
识字,写方正小楷
烟云处,总有一个能辨春风
把月落乌啼送出秋天

我就这样在山林
笃信神灵和月光,为木屋
找来钉子、铁锤和油漆
我搬来一块石碑
刻自己的名字

我就这样隐匿于此
不管蜻蜓有几只,渔船

是否靠岸，江渚上破晓时
我看见风移影动，岁月
在波光里转弯

致而立之年

致细纹、目光、胸怀、幼稚,和正在
发育的好脾气,致白衬衫的
汗渍和一场马拉松赛事
致虚构的火焰和眉间紧锁
也致我内心的菩提
一杯白水,致我门前的小树
一粒稻米,致我咽下的烟火
一双手,致我放下的繁华
我要致奔波的脚步,正赶赴
下一场角逐,致我拥有的恩典
呼吸、雨露和敏感的唇
在而立之年到来时,我想站在
无边的蓝之上,致我的故土
泥沼里的生命,生命里的白昼和黑夜
致我经历的人世
致我从容的微笑

检讨书

像被审讯的人,在镜子里检讨
皮肤,细纹,内心的地貌
以及多年来百毒不侵的秘密
不该一一承受它们,胆小、矛盾、自卑
被人类厌倦的污水沟与灾难
面对漆黑的墙壁,我检讨灵魂
它不该像螺丝般受损
在一千个理由的面前,我逐渐暗淡
沉默,不再相信圆周率
我在省略黑夜和黎明,我检讨自己的
思想,但愿它透明
有人打哑语,这让我继续
检讨未来的事

我的表达是这样的……

我总是想表达的再真实些、亲切些
没有空气流入,没有
浑浊的物质融进
没有多余的、凌乱的
我总是想,我的表达是
方块的、流动的、舒缓的
像溪流,流经我熟睡的地方
然后饮尽山风,被困在林中
在大雾里迷途知返
哦,也可以这样,我的表达拥有气质
扬眉,或浅笑
就说出了世间的美好
我的表达也要在黄昏里
为荷锄的人指路
问候或祝福,只是悄悄地
不去做什么
我的表达要始终这样——
浸染花香,渗入泥土
不用叩拜神灵,就可以
把细小的事物带回人世

人间平凡的苦

你得忍受，这人间平凡的苦
一夜白头的苦
漂泊在外，一个人的苦
委屈、寒冷、孤独、受惊的苦
所有的苦，你都要纳怀
你得忍受一阵凄风苦雨
几个人的冷嘲热讽
多次的白眼相对

这人间平凡的苦，你得忍受
亲人指责，外人指桑骂槐
乌云密布时，穿过森林
还有无法诉说时
躲在房间里哭泣的苦
这人间，有千万种苦的方式
你像经历一场劫难
我也是，要忍受人间平凡的苦

我是冰

我有颤音,说出秘密
我有罪恶,把云雾收进体内
我有十个指头,却搬不动空山
我的身体是露水做的
骨头是乱石拼的
身型是树的影子
我呵出的气是雨、是雪、是风
我每走一步都有忏悔
不说别的,我的眼睛是上天的
我看到的日月是虚构的
我假想盛世,一个人的中年危机
很多时候,我都是冰
夏天会化
握在手里会化
抱在怀里也会化

文字里着火

我允许文字里着火,充满险情
诗人像野蛮人,小说家机关算尽

我允许文字里埋伏着子弹、火药
一切可以致命的,包括毒气

我允许文字没有温度,爱和恨
没有一种情感让它死去活来

我允许文字里的陌生与冷淡
像冰河上停留的马车

我允许文字里着火,烧掉
厢房里亡人的钟表和碗筷

也烧掉虫鸣和低垂的柳叶
我逐渐收紧的欲望之罪

褶皱

我已缩短南北的距离
比如在习俗上，有时
我会控制一件坏事的发展
我害怕伤害无辜的孩子
我认真地诵读经文，向吃斋的人
学习静心，有忏悔之心
我以为菩萨会保佑好人，也会
保佑坏人，她捍卫真理
她偏爱贫穷的人
我以为世间有因果和轮回
人能起死回生
我相信有人珍藏灵丹妙药
会长生不老之术，还会降妖除魔
如果真的如此，请赐予我
一对翅膀和折戟沉沙的勇气
我要抹平生活的褶皱

预谋的忧伤

我们假装什么都不知,在广场上
喂鸽子,为红旗手鼓掌
在玲珑山水间,我们为上山采药的人
放走斑鸠和布谷
我们假装不知昨日事,不对
远道而来的人说雀鸟的危机
不倚仗来日方长,迟迟不说桃花的美
现在好了,我们假装清高
以此证明莲花的圣洁
假装病入膏肓,爱之深沉
恨之入骨,一口吞下万里晴空
和小平米的山河,假装无情
抛下雨露和阳光,像放弃
自己心爱的人
跟清风朗月共饮一杯夜色
我们假装虚弱、咳嗽,步伐缓慢
以此来掩饰预谋已久的忧伤……

亲爱的生活

请靠近阳台坐下来,我需要跟你谈谈
亲爱的生活
首先,我必须向你说明一件事
这些年,我并没有辜负你对我的厚爱
把一个人交给另一个人后,我变得更加疼爱自己
所以在很多时候,我学会了原谅
其次,作为一个把异乡当故乡的人
当我谈起牧草、天空、童年和一片草原
它们在另一个春天再次走进我的生活
其实,这一切不仅有我的童年,还有
我的骨骼、性情和爱
最后,若干细小的事情都证明了几个实情:
比如我的胸怀是窄的
我犯下的错误始终得不到谅解
还有我夜里做的梦,一天比一天汹涌

疑问

我是世间的一粒,或一棵
我接近我的孤独
背后是白茫茫的一片

雾——
雪——
鸦雀无声,顺着风

我的小性子,你的胸怀
在雨中,我们
越抱越紧,像闪电

我是世间不真实的存在
你是知道的,黄昏时
我质问着苍茫的大地

一无所有

在梦里,我没有姓氏,没有感官
没有一个可以依靠的人
我的亲人,始终没有出现
我怕光,躲在一间屋子里
里面没有一张床
什么都没有,椅子也没有
我就这样没日没夜地站着、蹲着
或者干脆躺在地上
地面潮湿,我任由湿气在身体里
横冲直撞,像一架失控的飞机
冲向山峰,然后坠落
在梦里,我一无所有
哦,我有惊慌、失落和向死的心
飘在山谷,尸骨没人认领
我是多么可怜,在梦里
我什么都没有,哪怕
有一点希望,我也要活着
在梦里,醒来,我还有
那么多没有完成的事,我还没有
变成一个一无所有的人

冬日小夜曲

我爱荒原上的雪,芦苇在风中凌乱
我爱这些秸秆在烈火中燃烧
我爱紫葡萄在架上颤抖
我爱冬天时,羽绒贴着胸膛
飞鸟贴着大地疾行,我爱这些凋零的
枯槁的、干瘪的、萧瑟的、无声的
枣树,和一根稻草的晚年
我爱越来越寒冷的夜晚
去探望一棵树,或一座老房子
门窗紧锁,冷风穿墙凿壁,像野蛮人
用斧子砍向光阴的门闩
即便如此,我还是爱尖锐的、带刺的
玫瑰、荆棘、蔷薇、仙人掌、蒺藜……
我还是对来日的冬天深信不疑
我爱雪地里的狭路相逢
我爱寒冷里的拥抱和亲吻

拥有

几乎也没多少，这一生
我拥有五风十雨、几度秋风凉
三言两语，和一首写不完的诗

一个爱人，会体谅
不会表达的人，一双儿女
风雨夜，会逗我笑
管我叫姐姐
两个朋友，跟我谈论弗洛伊德
这一生，我拥有的并不多
看完生死，遇了离别
再对着窗外说几句悄悄话
没多少了，这一生
我还会拥有疾病、小腹
乳房下垂，没日没夜地衰老
再往后，我或许有一块墓碑
尸骨不在
墓前会有一两只蝴蝶
时不时地吵架，又和好
像是我的生前

这一生，我拥有了多少
我还有一把虚荣
它一直都在

愿做一个小小的词

做一个小小的词,不要什么伟岸
只要小小的
哪怕与卑微相连
我只愿做一个小小的词
随细小的事物一起
隐退,或消失
我等待着,随泥土出生
小于光鲜和美妙
有关我的一切,都小小的
我只愿做一个小小的词

将来

在将来,女人,妻子,妈妈……
随便在我的生活里都能找到
我该用怎样的心思规划这次出场
以热烈的,飞翔的姿态,抑或白水的平淡
我认真规划,以致饥肠辘辘,内心繁复
拉出小心思,小智慧
彩排人生
我总是这样,为了生活得热烈一些
为了避开风吹草动
我认真地想象了将来,宽大的袍子
变粗的手指,凸起的小腹
还有乳房、皱纹和过往
我有着妈妈一样的眼神和心态
我的坏脾气,在将来,也偶尔变得从容
我也有悲伤与过失,和别人的一样

释怀

再次陷入时记得释怀
对爱的人,要有新娘般的娇羞
对牵挂的人,要说出全部的祝福
对厌恶的人,更多要隐忍
用多种方式接受不完美
甚至接受他的残缺
记得释怀,对所有相识或陌生的人
这胸襟要像休斯敦的海
也要像镜中的海,清澈蔚蓝
让无边的细浪翻过山头
记得释怀,掸去头上的雪
和心底的恩怨

成都小记

明月照九眼桥的流水,也照
高楼上欢度的人群,照平原的
腹部,也照丘陵和沟壑
从岷江到沱江,青城山水雾迷漫
武侯祠挨着锦里,有人品三国
讲空城计和舌战群儒
有人写一首诗,无关风月和山水
在成都爱一个人,恨一个人
跟他缠绵,细水长流
跟他一刀两断,各生欢喜
在成都,我流连于葡萄里的美酒
我赞美每一首诗盛着流萤
我猜雀鸟的心事,芙蓉别在枝头
在成都,万物安详
在成都,我的梦充满仪式感

女人

这个早晨有人世的大美。帘外的晨光
落在我扯乱的被单上
有点娇羞,有点凌乱,有点小性感
我穿单薄的睡衣路过阳台
像昨夜胡思乱想之后路过湖水的蓝
清澈、澄明,犹如早晨的心情
此时,我不需要香烟、酒精
和力比多,一支曲子
最好是西村由纪江的钢琴曲
深夜里,我爱她的演奏
这个早晨,我敏感于一切事物
包括空气中游走的小颗粒
最终落在我的肩上,如此不经意
这个早晨,我用清水反复冲洗
疼痛、疲倦、脾气
以及前世积攒的恩恩怨怨
捧在手里的花开了,稻穗撞我满怀
我体内的,乳房膨胀。欲望分行成诗
这个早晨,路过红领巾少年
朝我走来的是一名女士
这可掬的笑容,和未来的我一模一样

十件事

也许,我们每天只要做几件事情:
用星光把沟壑填满
被小蛤蜊绊住,让夜莺
歌唱时像一位艺术家,比一只刺猬
还要胆小,慢,要像蜗牛
在沙滩上沉醉于酒精,跳探戈
步伐在逐渐加快,像猎人的枪声
要借一双眼睛盯着干树枝,直到春天到来
夜里,就睡在星辰大海的传说里
没有肆意的讽刺和敌意
这天,我们做了九件事情
最后,我们需比水芋洁白

我害怕

秋天提前进入冬天,婴儿
提前结束生命
燕山的雪花提前落入我的发丝
我害怕的不仅是这些
我害怕数九寒天里的离别
害怕一个人病入膏肓
白发人送黑发人
我害怕在将来,为柴米油盐
忙碌,为凸起的小腹愤愤不平
在我害怕的诸多事情中
最害怕事情的败露
我做过那么多坏事,一定
惊扰了神灵,气坏了天地
它们定要惩罚我,要用我的一生来赎罪

一人之悲

再走近一点,我就能靠着你
说当年的秘密,血液里的春天
骨骼里的大雪冰封,只有风在身体的旷野里跋涉
好多人安慰我,该死的坏人
无情的骗子
自以为是的败类
他们通通都该下地狱,接受惩罚
说到这些,我看见沙漠的鹰,漂移的船
我感受到走在前面的海风,孤独的
沉郁的、悲壮的、蜂拥而至的忧伤
它们像是失散的亲人,在我的
肺腑里喑哑、呜咽

来世，我要做个男人

来世，我不要用水来做
我不要柔软，不要千娇百媚
我要用泥来做，用钢，千斤的钢
我要做个男人
让我砍柴犁地种田
让我在码头扛起千斤的粮食
让我战死沙场
让我重新来过，我要做个男人
我要代替小美人疼痛
我要烧足够的热水
我要在深夜里紧紧地抱住怀里的人
我要珍惜拥有的，不该拥有的
我都要放下
如果有来世，我要做个男人

生病的日子

现在,我也像她们
患上了疾病,整日发烧、流鼻涕、咳嗽
打喷嚏,携带病菌
我也一病不起,扎针、吃药片
提不起半桶水
现在,什么都不管了
我吃了更多的激素产品
我来不及说:不
现在,小肠在打结
喉咙被封锁,我什么都说不出
我将腿狠狠地挪下床
我想烧一壶开水
我只是走了几步路
现在,我的病情又加重了
眼睛里的星星飞来飞去
我咳不出任何东西
我的肺部好像灌入一阵风
现在,我就这样侧躺着

八月

既然温度没有降下来
既然夜黑漆漆的
既然两个月了,我还没有适应
一个人成长
就让绿萝慢慢长
就让河流奔突欢快些
就让自己不断地承受着
有时,承受一些苦难、孤寂、危险
急躁、恐惧、压力、慌张
没什么不好
既然八月还在
我就应该死去活来地奔跑

挽留

我会挽留一棵稻草,一片在风中
吹散的云,很多次
我的挽留大于我眼前的秋天
挽留常常充满邪念、嫉妒和悔意
我给这些被挽留的事物起名字
覆盖人类的善心
现在,我习惯于挽留陌生人
被遗落在人间的小事物
它们总会在不经意间,道出一个真理
说出人类的秘密
变成另一个我,假装太平
假装挽留跟自己一样的人
或者假装对他们好,挽留一点恻隐之心
挽留自己在世间最多的爱
我想,我会挽留更多,莫须有——
也要挽留

湖水的蓝

为了接近湖水的蓝,我走进
一座小岛,靠近海鸥
我在那里钻木取火
天一亮就下河捉鱼
我睡在石板上,为了离月亮近一点
七月,我沿河而上
触摸水流的速度
在拐角处,把脚垫高
只要再近一点
我就能看见一枚月亮
在湖水里
生出另一枚月亮

那时候

你要相信，黄昏到来之前我将
停泊靠岸，让水里的鱼游到对岸
让青荇放缓脚步
让我的海棠开花
或者这样，我把自己放在
一个荒岛上，效仿古人钻木取火
用斧头、锤子、木桩和枝丫建小房子
那时候，我是一名乡间女子
会行医治病，会适当暧昧
会对邻居的孩子生出好脾气
那时候，我没有了与日的矫情
也没有了好身材和可以炫耀的
那时候，"总有一首诗，因为我的缺席
而不能完成"

飞鸟

这一生,我如同飞鸟,在四季
在你的怀中起落
我落魄街头,在北郊的山外筑巢
我的呼吸带着急躁和毒菌
我衔来的泥土和枝叶生出了斑迹
我的世界杂花生树,毫无征兆
这一生,我如同飞鸟,在人世
在你的生命里周旋
我一定低飞,掠过你的屋檐
给你爱和惊喜,一望无际的天外之物
我要你知道,我如同飞鸟
在你的世界里喑哑、徘徊
我驻足,同你看尽世间繁华
我把来生看作此生
我要你知道,此生我如同飞鸟
在你生活的江边
用尽一生,给你下水捉鱼
给你软玉温香
我如同一只飞鸟,在午后,看你
爱过的一个又一个春秋
和渐少的岁月

大于古代春秋

远山微醺,我的碎银两并不多了
我还能走十里路,买一碗酒
在路上,我要一杯饮尽,不说别的
我还能抽刀断水,策马扬鞭
奔向河流开始的地方
我还能对恶人笑里藏刀
防患腹背受敌
我还能衔住远山,一刀斩开两条路
一路是生,一路是死
我还能继续说谎,辜负皇天后土
在人间,有邪念作祟,我罪不可赦
我还能深锁喉咙,唱江河之歌
余音绕梁时,总有人泪如雨下
我还能小心翼翼,假装病入膏肓
不肯医治跟我一样的人
如果,我还能清醒,在江湖之远
我的欢乐不比谁多
我的悲伤大于古代春秋

变大

将自己变大，幅员辽阔
哭泣着、疑惑着，露出爪牙和胸襟
让欲望膨胀，装下山水和亲人
使自己的骨头发出咯吱声
长出好看的金莲
我想目光长远，目睹
羊驼打滑时颤颤的脚步
我想把草甸，连同秋日的芦苇
铺在体内的河床上，我在忧郁时
点燃火把，让焰火烧光
贫穷、苦难、干旱和疾病
我再把自己变成太阳，照万物生辉
变成露水，洗涤草叶
变成一雨滴，渗入故土

遗憾

遗憾,月亮一直没有升起来
我一直在后退
遗憾,我今生错过了
好多艺术。我错过了
列车外的白杨,一颗橄榄
一树繁花盛开的清晨
遗憾,我一直没有读完一本诗集
关于烦恼,我有深情的表达
遗憾,我没有转弯
没有在湖边等一条鱼旋转
没有用耐心等待
遗憾,我还是没有称出
一滴水的重量
不能在一个地方爱上同一株刺桐
在人间爱恨多年,我还
没能向着对的方向迈进

生活,请慢点

让我的生活再慢些,慢下来
就可以回头看看走过的路,比如晚风中的雪花
比如林间的鸟儿,比过去更欢悦了
比如童年时种下的小树,经历多少年的风风雨雨
长成了现在的样子
像是我们人类,总要经历些什么才会长大
一想到这,就更要让生活慢下来
要竭尽全力慢下来
哪怕历经千辛万苦,都要慢下来
只有慢下来,才能再拥抱一下往事
快乐的,心酸的,让我羞涩的青春年华
慢下来的过程的是多么缓慢而艰难啊
然而,还是要让生活慢下来
慢下来

卑微者

石凳旁,我用卑微抵触卑微
我刻意回避炭炉里的火光
这些明亮的四散的小星星
像石子,硌着我
像无数根细小的针尖
一下又一下,扎进我的无意识
更像一面镜子,我看见我的未来
一只黑鹰在雨中盘旋,在白云之上
在一望无际的海域中穿过风雨
在忽闪闪的火苗中
我继续用卑微抵触卑微
这弱小的人,在一束火光中
遇见电闪雷鸣
我比飞虫还要弱不禁风

饮酒时

我饮下这缸烈酒,比猎杀
一只鹿,还要痛快
阳光照我虚弱的呼吸,似乎
比曾经更加明确和具体
采花大盗又背来沉睡的姑娘
黄埔大道上的警笛消失,又恢复
几个婴儿的哭声夹杂猫叫
此时我陷入幻想,但是
我在看一部电影,关于
爱,关于仁慈和谦卑
我祈盼灵魂在城堡里发着光
日落时,有一对男女躲进山洞
我颤抖的手握住了武器
越来越紧,刀刃划开掌心
我们要逃离现场,在呜咽的风
刮起之前,在死神降临之前

这一年

一年来,只有衣服是新的
我的坚不可摧并没有得到指点
顽疾一如往常,我还会搬起石头
砸自己的脚,甚至
会把正确的事看成是错误的
非黑即白一直不是真理
爱意和悔恨也不是
一年来,我并没有改变坏脾气
我继续东张西望,与他人
争辩一个词语的用法,继续
排斥动不动张牙舞爪的人
一年来,这短暂而缓慢的光阴
它并没有教会我如何在众人面前
说地道的方言,从容的微笑
一年来,我重复在地铁上
遇见自己,我没有慌张和惊讶
没有将自己变成坐井观天的人
我只站着,任凭列车唰唰地疾行

干巴巴地走

我宁愿这样干巴巴地走着
一个人走过村落,走向祠堂
干巴巴地走,没有行人和车辆
没有一缕风吹来,没有
岔开的小路让我犹豫
我干巴巴地走,不带粮食和匕首
在野茫茫中自顾自地悲欢
干巴巴地走,抱紧双臂,握住拳头
我尽管迎着猛烈的风
在呜咽中看野猫逃离现场
像看一场表演,蝴蝶弱不禁风
我干巴巴地走,遇见高山和云朵
我谦卑地后退,并对流水
投去羡慕的目光

战栗

我战栗,培根被吃掉了四分之三
这伙人输掉了万两黄金
还剩下美人,即将被押送出城

我战栗,鹦鹉说出了关键
这时刻,我们应该起立并庄严宣告
唇上有花生奶茶的味道

我战栗,我的想象不合时宜
既不适合苦难,也不适合交谈
我想在胃里加点盐

我战栗,我总是把自己预设为采茶女
在一部小说或电影里恩爱
我战栗,我拥有了宇宙

取经

跟更多的人取佛经、善经、商经……
跟姐妹取女人经,跟生活
取一粒米、一滴水、一点忍、一把刀……
取经之路有妖魔鬼怪
不仅是九九八十一难,不仅是蜀道之难
需殚精竭虑,还需未雨绸缪
要把艰难苦恨读成经,把山重水复念成经
经有千千万万种,取经的人在路上
我想取心经,治愈百毒入侵
我想取法经,效仿李悝推新政
我想取魔经,练一身的歪门邪道
解救执迷不悟的人
我想取更多的经,做知天下事的老人
每逢人来问,我便收二两钱
作为自己继续取经的盘缠
取经路上,我没有遇见唐僧和菩萨
我看见法海和魔王,他们像朋友
传递经书,相互学习

小洲村

与阔别五年的同学见面,在古榕树下
蚝壳屋里,祠堂门前
夕阳的余晖掠过心的屋檐
我们看灰垣、素瓦,并排走过的亚麻女子
谈论男人、结婚、生子、事业
以及青春的资本论和剩余价值学说
古村寨巷巷相连,我们沿河而行
学江南女子轻笃青石板路,沿途的素雅雕花
西溪垂钓、古渡归帆和翰桥夜月,说的
就是我转身后的岭南。在布衣店
买十五元一夹的明信片,试戴泰银、发簪
效仿唐朝歌女跳霓裳羽衣舞
然后,我们被当成模特,留在单反里
走二百米,在小客栈吃乞儿鸡
举杯,共饮一瓶啤酒,泡沫飞溅而出

长川美

你要记得水镜湖上的黄昏,连绵的绿
白大路上的牧羊人
和奔跑在我们前方的淫雨霏霏
你要记得薛家湾,若干地名中的一个
草木茂盛
传送多情的光芒

你要记得长川的露水和晚霞
与小别院相拥的天地之美
相得益彰
你要记得迢迢百里路途
林木奔涌
铺开风中的草原

你要记得每一次亲近
我们把最后的福祉还给风,还给雨
还给睡眼惺忪的羔羊
还给赋诗作画的人
还给薛家湾的百里长川
长川,美啊——
我们把属于你的美,都归还你

站立

有人练习活着,有人练习死亡
而我,练习站立
也想像个男人顶天立地
像个女人,柔情似水
如今,我什么都不是
我羡慕乌拉盖草原的丹顶鹤
羡慕泰山顶的北斗星
如今,我还在反复练习,站立——
在沼泽地,在城市的广场
在邮差送件的每个傍晚
有人练习接纳,有人练习遗忘
而我,练习站立
深呼吸,放松,挺胸,抬头,注视前方
在人行路上加快脚步,一个人
也要保持好奔跑的姿势
今夜大雨倾盆,我继续练习站立
对着电闪雷鸣和蛙鸣四起

这三个月

我只读了一本书,关于萨拉蒙
关于苦难,关于想象和贫瘠
我遇见高山起伏,河流消失在密林
在人群里,我寻找蛇的痕迹
我就要奔溃,连同血液里的灯塔
这三个月,我只做了一件事
——把工作做好
这三个月,气温骤升,十个太阳
炙烤山地和人类,我还要
把水喝干,比云朵洁白
这三个月,我把自己交给命运
我听命运安排,让我向左高贵
让我向右卑微

浪漫北部湾

这生死相许的蓝,在茂名北部湾
在渔港,浅滩
我流连于多情的人
我热爱海浪翻滚的瞬间
我跟一个浪漫的人谈论浪漫

有时荔枝长在港湾,罗非鱼
准备逃逸,新娘在银滩上
拥抱,奔跑,把爱种在贝壳里
有时一望无际的海岸
逐渐接近太阳,在云朵里伸展腰肢

在北部湾,鱼虾和小蟹
也会打情骂俏,它们欢悦时
在沙粒里缠绵,它们多像
北边的夫妻,要肌肤相亲,要颤抖
要对万物充满激情

啊,北部湾——
让我们举杯,跟沿岸的海风

跟偶尔上岸的虾兵蟹将

也跟海里的女王，和岸上的美人

今夜，我们只需一饮而尽

是小乔木落在水边

是酒醉芙蓉,是小乔木落在水边
是清肺、凉血之药,是花叶
葳蕤在花梗间,是深秋里
茸茸的花瓣绕住池水
是我牵住它细小的枝茎
扦插、压条、分株——
它明媚,蒴果多生,露出柔毛
它喜湿、性温,爱深秋的锦官城
它露出果爿,锦绣巷的鹅黄和浅粉
像三千年前的一丛丛
我偏爱它一树树娇艳的样子
像女子在倚窗和歌

◇ 第三辑

今年冬天，别有深情

为了爱你

为了爱你,我在体内豢养虎、豹子
一种邪气也开始滋生
我努力做好沉默的准备
我喝掉很多盐水
如果可以慢一点,我还要
在体内豢养更多的生灵
比如,我们一直追逐的鹰
它飞行的速度超越了云
也超越了几条河流
它开始慢下来,为了爱你
我豢养了更多的情绪
我背叛了一片森林
我违背了秩序
在村庄,我伤害了无辜的人
踩死了很多只蚂蚁
为了爱你,我在体内栽种罂粟
和更多有毒的植物
我做了很多危险的事情
为了爱你,我身上的火
险些烧掉整个春天

这般红

黄昏落下去,半个月亮爬上来
我喜欢上了你一次方的红
半杯水里的红,你在科尔沁草原
若隐若现的红
我们说起你的这般红
没有姓氏,也没有重量
我就是喜欢这般红——
在春风里歌唱的红,在雨水里
奔跑的红。我喜欢你的这般红
水滴的模样——
娇小、瘦弱,落地成冰
不说别的,这红莲的红,落日的红
这般红,就站在月光下
我喜欢上了你,新年般的红

北京时间的背针

十二点，教堂的钟声响三下
人们祈祷神灵庇佑
一点，大海比白天时靛蓝
我比刺猬还胆小
两点，在床上翻来覆去的人
想象山猫跟夜莺做游戏
三点，高速路上的车辆渐次减少
赶路人加快了脚步
四点，两个陌生人把帽子扔出窗外
开始忏悔存在与虚无
五点，太阳在屋后升起
六点，有牛奶和面包的香气
从前门2号飘进地铁入口
七点，人群更像逃难者
八点，有医生、修理工、入殓师、指挥官
少女、鞋匠、售票员……
菩萨也要排队进电梯
九点，打车的人还没到
十点，一杯咖啡或两杯茶水
十一点，大概是这样，会有秘密

会有报告,一群无关者被抓进警局
十二点,恰好是一个世纪

小妖精

我要扮成小妖精,引诱你
用细小的爪,勾住你
用舌,圈住你
如果你上瘾,我再用腰缠住你
死死不放

我是你的小妖精,在山谷
我谁也不信,只信你
你说小妖精是媚的,她就媚
你说小妖精是妖的,她就妖
你说小妖精有毒,会使美人计
她就雀跃、欢喜……
当你中毒愈深时,小妖精就是药
汤药中药、泻火的药、解毒的药,良药苦口
都要喂你——吃下

种美人

我在你的身上种芭蕉和草莓
种罂粟在唇上,种一对火凤凰
梨花带雨,也种三千佳丽
让你醉生梦死

种春秋,漫长的冬夜
在你的腹部,我种樱桃和白茅
在你舌上的酒庄,我种下
烟民,陪你在棋牌楼

种晨露和大雾茫茫
瘾让你飘飘欲仙,烈火中烧
即便如此,我还要种下万两黄金
在你腰间的素丝上

种山河和兵权,你爱
江山浩荡,枕边的美人
和手中的利刃,我要为你
种下英雄救美的乱世

宠我

我是玫瑰,刺你心底的波澜
我是海浪,拍打你唇上的春光
我是你牵挂的孩子
跟你娇嗔
臭你齿间的烟草和额上的汗珠
我是你三千越甲夺来的美人
给你用攻心计和小伎俩的罂粟
你都一一应战
给你军草和马匹,给你半张床
给你鲜花和歌舞升平
让你赢得天下,因爱上瘾
我是你的小松鼠,在寒温带
我是你的半枝莲,为你清热解毒
我是……我是你最初的秘密
像白雾一样轻
像倒影一样迷人
请在光阴的褶皱里,宠我
请用尽余生,宠我

给你

给你风中的芦苇,给你
深秋的谷田,给你
黄昏中云雀的呼吸
就这样,极尽所能给你
一季的骄傲和一把
高高的火焰

在河流对岸,给你沉思
和反抗的勇气,如果允许
给你自由,你要闭目,压住
唇间的音符
不要伸手,吝啬光芒
给你灵魂,在生命的无涯里

给你沼泽、大雾,慢慢变成
水草、低洼,继而给你
一望无际的森林,和一场
大雨,一道闪电
给你广场和和平,给你
寺院,描金的佛
在给你一首诗之前

热爱生活

你一定热爱这些细小的
事物,比如针和种子
你也热爱阳台上的水仙和丁香
弥漫,在空气中
你热爱这些精灵,它们红的绿的眼睛
它们消逝的速度,如闪电
如我经过你时,列车驶过来
你热爱兰波、音乐,和冬天
漫长的黑夜,甚于热爱一个国度
此刻,你开始诵读,并告诉
周围的人,你不再恐惧
失意、落入深渊
你开始热爱拥有、绿色
植物,和诗歌

如果我爱你

如果我爱你,就要接受
你日渐衰老中的迟钝与疾病
就要为你祈祷,给你水
给你粮食,给你半亩方田任你潇洒
就要在林间的夜晚,为你生火
为你在天黑的路口掌灯
如果我爱你,我会换个时辰,换个方向
不是露水初生,不是风平两岸
我会以斑鸠的姿态接近你
如果我爱你,恰逢芒种
多好啊
让我种下无花果、甘蔗林、红樱桃吧
这些为你忙碌的,包括我
如果我爱你,我会绣山河
画古代的美人,肤若凝脂
教她们爱你胸上的朱砂
爱你手上的江湖

黄昏后

黄昏之后,我要慢慢爱上你
爱上你体内的江水,绿浪一般翻涌
爱上你低眉时的守口如瓶
爱上你床边的黄枝叶,一把把地落
慢慢地,我的爱吝啬、慌张,甚至微缩
逃不出一堵墙的阻隔
七月流火,九月授衣
我的爱像流水一般,漫过你的山川
再像火焰,燃烧你的冬天
在有限的今生里,我的爱也迟缓
说来时不来,隐匿在露水里
说走时不走,挂在树梢打情骂俏
你看这爱,多像天上的云
时而交错重叠,时而各奔天涯
时而像你我,举着灵魂
缓慢地爱过了一生

迟到

我迟到是因为黄昏挡住车道
一群孩子捉住了麻雀
是因为我已不再是我,我对暮云
生起爱意,并深信不疑地
爱上了有胆石症的人
是他的乾坤和雀舌
是西湖龙井的清香挡住了我
我迟到,包括贡格尔草原的辽阔
跟我一起迟到
有时我想再迟一些,一年,两年……
日子再久一点,迟到的理由就
更充足,为了喝酒的人
为了抽烟的人,为了
给我马丁和咖啡的诗人

偷影子

不用刻意在某个时辰
在汉唐,在雪地上
堆形销骨立的人

不用安排草木为床
都不用,就借山水的运势
在砌石堆里画地为牢

不用四两拨千斤,说动听的
情话,做刻骨铭心的事
再不用感动上苍

赐予谁一场盛世
不用替山麓偷影子,赶走
被辜负的时光

听你唱

我只是听你唱
在旷野,在山间,在撒哈拉河流奔突
在你失眠、发烧、流泪、低语……
我们一生经过的地方
在世上,我只是听你唱
四月的芳菲,七月的流火
我们爱恨离别短暂的一生
苦不堪言的一生
这一生,我都要听你唱
对万物好一点
原谅燕子的不归和孩子的不学无术
接纳一个虚情假意的人
我只听你唱,不拆穿
也不揭开生活的伤疤

新年快乐

还有半个小时,再见
我的坏脾气,被台阶绊倒的小男孩
再见,这一年的坏事
我要——跟它们道别
感谢不和谐赋予生活的故事性
再见,我说出的半句谎言
接下来说出的全部是真的
再见,出版大楼前四季娇艳的花朵
明年它们会继续灿烂并夺目
再见,步履匆匆
我们要在下个时辰迎接黎明
再见,过往的朋友和被我
牵挂的人,愿他们都有
一个火焰般的前程

在人类苏醒之前

请山野上的湖水,向西流
流进河谷,在黄昏降临之前
或者流进稻田,染上万物的绿
一阵暖暖的风轻轻地吹

请浅笑低眉,为枝丫间的画眉
准备一架钢琴,想象九月的天空
在塞北的大地,在布谷鸟
歌唱的地方

请收集雨,或者雪
用它们搭建屋舍,装进万顷的红
和老水手的绝技,请把它们
装进瓶子,给它们阳光和雨露

请记住三分之二的蓝,大地
生长的声音,和海港城的夜色
请悄悄地说声:你好
在人类苏醒之前

疲倦之美

我不在乎生活有疲倦之美
在篝火的夜晚,我一点
也不在乎耗尽的油灯和噪音

我们的惊讶与战栗,在一位沧桑
老人的面前变得微弱
像火苗在熄灭
我们尝试不在乎那一点点的
忙碌与焦躁,我们开始
赞美丁香、紫葡萄,和突如其来的
陌生人。我们尝试不在乎
那一点点的怨与恨,我们
开始赞美干树叶的声音,和火车
开走的瞬间。我们尝试赞美
人群、灯塔,和短暂的离别
满怀歉意的微笑,和铲雪的日子
我们已经不在乎生活的
疲倦之美,一点也不

赞美

当我赞美一名艺术家,他的
长头发,他靠着榕树
说话时的低音
他不断地摇头,并望向
人群,继续沉默
当我赞美他的大眼睛,蓝莹莹
像少女,像海鸥低飞于
海面的一刹那
像我握住的一种惊喜
静谧而充满力量
当我赞美他,在美术馆的长廊上
在一幅画布面前,当我站在
他的身边,等待我们的
是低声的、细碎的,风吹纸张的声音
当我赞美他,他的
风范、典雅和奥秘
我看见他蓝莹莹的大眼睛
不再孤寂,开始渴望表达

小哥哥

小哥哥,我会窃喜,你的歌声
还在山间,在河边,在我们伐木的林子里
你还会教我左手画方,右手画圆
我崇拜你,追赶你
执意要嫁给你
小哥哥,我会窃喜,你又回来了
我栽下的山茶花也开了
我们又去杏林摘果子
你一筐,我一箩,我们多像一家人
说起小时候,你的脸就红了
小哥哥,这些年,你的歌声
一直都在林荫间
清澈如白水
只是偶尔会被阳光晒一下,再晒一下
直到它枯黄、干瘪,如落叶
被风吹散

住到月亮上

亲爱的，不要说别离
不要说永生不见
不要说来世，来世还很遥远
就现在，我们住到月亮上
跟月老谈谈，把人世的姻缘改一下
让我遇见你，然后爱上你
就像你爱上我一样情不自禁

我们住到月亮上，在银河里生火煮饭
把星星当作我们的孩子
还要给贫苦的人施善
如果你愿意，我们要看看
月亮上的山水
这些被我们赞美过的……
亲爱的，不要说天涯
什么都不要说
我们住到月亮上，让我们的爱
覆盖人间

偶尔弯曲

不可能什么都是直的,你要静下来
承认河流是弯的
月亮是弯的
你脚下的路是弯的
你弯一弯身子,拿起的
镰刀是弯的
还有什么是弯的,比如命
始终是弯的
比如河流,只有是弯的
才能生出一颗颗珍珠
只有是弯的,才会有
流水潺潺和涌泉奔流
这一生,不可能什么都是直的
偶尔要弯一下,然后
再弯一下
只有是弯的,更多的事物
才会是直的

反复清洗的女人

多少年过去,她还在清洗
就像方才,她反复清洗自己的
眼睛、牙齿和胃,动作娴熟像一位妇人
现在,她整理出旧围裙、旧衬衫、旧床单
一切旧的,哪怕是旧报纸
她都要清洗,一会儿
她要清洗旧光阴和用旧的身体
她用一块肥皂和一张手帕,反复清洗
缓慢、凝重,用尽所有的力气
她还要清洗锁骨、乳房、双腿
被爱过的胴体
被孩子嫌弃的悲悯与沉默
她一如既往地清洗
用尽了一生

在小旅馆遇见

在小旅馆,她拉着我说起
这些年,一个人带着两个孩子
被房东欺负
被醉酒男人调戏
被已婚女人指着鼻子骂
她越说越激动,一边哭
一边将桌上的食物放进嘴里
她的声音沙哑,说话时断断续续
她取出包里的口红
她说现在的老板总爱占便宜
一次比一次明目张胆
为了生活好一些,她说:都接受
一个女人带着两个孩子的事实
一位母亲不愿承认的事实

我在风中等你

明年冬天,我用夏虫冬草医治你

我早已熟读古书,会把脉用药、含情脉脉

我已学着在旷野上摘星辰

跟各路神仙唱反调

不怕,这渺茫的人世

我的谦卑属于钢和铁

我的意志,跟野草一起疯长

我的柔软,还是温的、熟的、红灿灿的

我唯一热爱的,教堂的钟声

和经文里的善,早已在烈火中燃烧

还有什么,我正经历一场劫难

我会习惯人间的孤独,练就一身好武艺

我的皮囊里始终有风,与秋天的落叶

一起渗入泥土

现在,我要用大雪覆盖你

我的身后,已是白茫茫的一片

舍不得

舍不得春回大地,在光阴里承认
我们都是虚伪的人
舍不得把昨天的雪铺在地上
在寒夜里,我们抱紧彼此,一起融化
如果有谁舍不得鸳鸯戏水
只因情深缘浅
舍不得输掉今生,我们一点点
改变心意、初衷,一程路的方向
我们是舍不得靠近,抱得太紧
也会窒息死亡
关于一次美学的探讨,我们舍不得发出声音
一语不合,就天各一方
舍不得重逢,只因散场的宴席充满悲伤

离开时请带走

请把话说完,离开时带走
你的小情绪和不以为是
带走你的小性子,没完没了
春末夏初,请带走你的旧衣服
旧家具、旧皮囊,这些用旧的时光
不管风吹日晒,请带走
今天或明天,请带走你一身的好
做过什么、说过什么,请带走
五颜六色、颠三倒四,一律带走
请把一切都带走
这些与我无关的内容,请带走
它们是你的,一直都是你的
如果你还有力气,请把过去带走
那是你的,正与邪都是你的
请记住,一定把用过的情带走
请带走全部,包括你的声音、气息
走动的身影……
我将紧锁门窗

爱你之前

爱你之前,我积攒春风和玫瑰的红艳
我躲进小楼,让草木陪自己生长
我对着镜子,仰望天上的白鹤
那时,我不扮真心和假意,对野花
充满怜爱之心,我会把心意
留在爱你之前

你这个笨人,别指望爱你之前
我会爱上酒鬼、野心家、好色之徒
他们爱发火、爱骂人,爱把
日和月说成是自己的
他们不是你
说真的,爱你之前,我已学会
穿针引线,露出幼齿
我已一个人很多年了
爱你之前,我不会再爱上别人
我对你,要省略多余的……
你要知道,爱你之前,我是静的、温的
一直在远方望着你
我露出浅浅的笑,望着你

与岁月一起平湖烟雨

我们屏住呼吸,交出山水和烟云
我们和月亮对话,说狐狸洞里的春天
闪烁在林里的星星,一颗接一颗
顺延着风垂直而下
被笼罩的荔枝湖,落满了尖尖叶子
我们只是抬头,对准45°的青山
面对世界的大,我们说不出一个夸张的词
此时,我们怀有虔诚之心
对亡灵和鳏寡充满敬意
理解蝴蝶一生的命运
此时,我们交出灵魂、骨骼和凝滞的血液
我们把孤单放在风中
是的,放在风中,一直放在风中
我们只想静静地,领会——
对着隔岸的灯火发一会儿呆
在一个众人缺席的晚上,我们
与岁月一起平湖烟雨,然后
把鳜鱼放回湖里

我想你是……

紫葡萄、红苹果,我想你是
我舌尖上的一点点甜
带着柠檬和蜂蜜的百香果
我想你是树上的番石榴
箩筐里的枇杷和甘蔗
一个莲雾,被浸泡的菠萝
我想你是支架上熟透的小番茄
被叫卖的榴梿和樱桃
你是草莓和桂圆
你是我贮存的荔枝
我想你是牛油果和红毛丹
被放置很久的柚子和脐橙
你是我四季都爱的香蕉和牛奶
炖盅里的雪梨和冰糖
我在小心地吃掉你,并怀念你
我在梦里遇见你

请你到……

说好的,我时刻恭敬有礼,把你
请到月亮上,弯成细柳的模样
谈五行和八卦
倘若光阴还在,就把你
请到凡间,看看苍生
给失眠的人施仙法

说好的,请你到
我的内心住,看看这些繁华
弱不胜衣,和一病不起
被尘封的山川与日月
一叶落,终不知秋
请你看看,这些我不说的
一直都不被谅解的
你不愿看到的
把你请到内心来,袒露河水和天地
袒露不为人知的,说好的
我要请你,在人间走过——
梅开二度时

将军

在魏晋，我不懂朝廷和兵法，不吃荤腥
不谙战场上的血雨和风沙
我不能接济贫苦百姓
我要隐藏，用姓氏代替名字
我不可有欲望，比如怀念一个人
我的等待是无望的、奢侈的
我会随时被强盗杀死，卖进妓院
我知道，窗前的风会替我哭泣
雨中的燕子，会替我飞
我脚下的三只蚂蚁，会替我搬来粮食
我的将军，你要何时替我
找来一些木柴和稻草
我要生火煮饭，让炊烟升起
我要烧掉记忆，不留灰烬
我要等你，替我把十亩田地耕种
要施肥除虫，像爱我一样认真
我的将军，你要替我
完成今生

今夜

那么多的疲惫,都不如今夜
今夜没有灯盏和诗歌
今夜只剩一张床和一杯酒
今夜不要问前世和今生,唯一
能做的,是在檐下说情话
缠绵、悱恻、长情、深爱
此生不换、你侬我侬……任凭哪一个
今夜没有归期和月老
没有阁楼目断和长亭别宴
今夜适合邀明月,数花枝
在荷塘里打捞深山夜色
今夜,记得喊爱人的乳名
记得在蝉鸣四起的日子,一同
抽刀断水,把白鹤送上青天
今夜,我们抱紧彼此
爱让我们更加渺小

我喜欢……

我喜欢你的黄叶子,杯中的晚年
我喜欢枫林里的绿洲,像喜欢你
醉酒归来时——
火焰燃烧——

我喜欢你的沧桑,和全部的悲悯
我喜欢你,喉咙已上火
在炙热的八月,我们悄悄
靠近,又离开

我喜欢你的眉宇,与青山做伴
我喜欢……你凌波微步,称霸武林
你覆盖我,我只喜欢这钟声
在身体里嘹亮

我喜欢你,身体膨胀
我喜欢……你抱住我,亲我,捏我
喊我,一声又一声,像两只
交尾的蝴蝶,在云山雾罩的早晨

你我之间

隔着灯火,画你的影子在河面上
也画你的孤寂、爱恨和白发,在潮汐里
我要画个美人,给你研磨
捎去人间的恩典

你清休、打坐,为苦难的人祈祷
我也要祈祷,为平静的生活
和葳蕤的草木,为体面地活着
你为人世,我为烟火

隔着生死茫茫,你给菩萨敬酒
讲肺腑之言,我也敬酒
给沟壑和低洼,给河流和故土
你敬神灵,我敬亲人

隔着一月雪,二月梅,三月的
离别,和四月的海棠
雷声阵阵,细雨微微
你在海之滨,我在离离原上草

像云，什么都不说

别再提过去的事了
我们就这样坐着，什么都不说
我们就这样，你看着我，我看着你
看着两朵云，接近、嵌入
像是我们，什么都不说
只是紧紧地在一起
为了在一起，十年里
我们，什么都不说
不对日月说羞愧
不对山川说遗憾
不对风雨说抱歉
我们，什么都不说，不说
坚决不说
像云一样，什么都不说

你要替我完成

再后来,你要替我抱一抱它们
给它们雨露、阳光和空气
还要给它们建铜墙绿瓦
给予更多的爱
你要替我守住秘密
不对它们说出孤独、无奈和悲伤
不在深夜赶路
不把无关紧要的人认作亲人
你要替我潇洒,把帅气
留给它们,让它们也帅气
你要一直这样,替我写一首
关于它们的诗
要请人谱曲,唱给它们听
在春天,你要替我绿
替我守护它们
把一生还给它们

一双人

就像现在,我们不再说爱
我们偶尔争吵,把杯子摔在地上
把门踹开,再用力关上
我们把所有的怨和厌都推给对方
就像现在,我们心平气和
用幽默、含蓄、打趣的方式
我们也偶尔撒娇,对准软肋
来日方长,我们
已经省略说出海枯石烂、举案齐眉
我们唯一做的,就是
把米一遍遍地淘
把锅里的菜翻来覆去地烧
把衣物穿了又穿
是的,衣服旧了也要穿
东西坏了也要用
我们总要把日子过得风平浪静

一平方米的爱

只有一平方米,在山水
相隔之地,要历练
要像仙人,有长生不老之术
我想象一种爱,隐匿在
泉眼、回声,或倒影里
在诗里,编织人间
烟云的美
要承认它的贪婪、小胸襟
和疯狂的不怀好意
要给它深秋,和一次
旅行。我想象
一种爱情,在沙漠
滚烫的骄阳下,我想象
它一直在向胡杨
炫耀——
它的高枝

盗词人

光阴里，盗取一个词，比如
暖暖、亲爱、冬不拉、半枝莲
都是好的
如果一个词不够，那就两个
二分之一的春天
三分之二的幸福
四分之三的爱人
我愿做盗词人，盗取镜湖水
盗取旧时波
再用一个时辰，盗取
这盛世，如你所愿
等你纳怀

找你

我穿过火,昼夜奔涌的西拉沐沦河
我穿过靛青、落霞和一望无垠
我在闪电中长出羽翼,在沉睡中
勾勒山庄、紫竹,和一双飞燕
找你,我用尽激情和欢喜
我付出所有的爱,对虫鸣的爱
对活着,生命的爱——
在长长的黑夜,我燃尽油灯
我穿过极光去祈祷
我在每一次呐喊的回声中
在山的尽头,我找你的名字
我穿过罪孽深重和佛堂
卸下所有的行囊,唯一的
珍珠般闪烁的……
找你,我背负生活的
娇艳穿过灵魂

数星星

夜里,我们就坐在石阶上
数数星星,看看流水
这些慢下来的事物,是静的
我们要像老人,慈眉善目
要像街边艺人,学着孤芳自赏
也要像小苇鹣,嘴和脚是黄绿色的
我们就这样坐着,像水里的
两只鸳鸯,嘴对着嘴
此时,夜会降下一缕微风
送出一点凉意
我们就这样,看这些微风
无声息地
把湖水吹干

探险记

好像是这样,我们走得更深
你忘记的,我也忘记了
徘徊,或走得更深
现在是下午一刻,我们假装
迷失在城堡里
走得更深,往黄金的住处
一路上,你假装读《圣经》,说:
"路是小的,找着的人也少。"
此时,你的包里只剩刀子、火柴
和一条不到十米的绳子
你对我说黄金、黄金、黄金……
我们走得更深,路是小的
窄的,你开始弯腰、低头
抱臂,迈出一小步
试图用脚踹开门
我们走得更深,向着
黄金出生的地方

在旷野

在旷野,我们同行,却从不并行
我们不说天气,不谈宗教
清风替我们传达爱意
你爱左边的杜若,我爱右边的蝉鸣
你爱古书,我爱宋朝的瘦金体
我们爱用几行字,叙述前朝
在古词里动情、转调,漂洋过海
我学着望穿秋水,在旷野上
小火慢炖,一睡到天明
我学着让左脚跟上右脚,让夜幕
低垂,星星落下来
我们不问彼此,不提明天
我们唯一能做的,让夜色催更
让爱不动声色

观影有感

我们也种豆南山,生烟霞
在云窗里恩爱不离
我们也采菊东篱,种蓁蒿满地
做湖心的戏水鸳鸯
我们也这样马不停蹄,在路上
找一家客栈,小憩或争吵
为分娩的妇人烧水接产
为悲从中来写一首绝望的诗
我们驾马驰骋,在疆域,在河滨
在胡笳十三拍的曲调里逃离
我们也为秋娘指路,用香炉烤火
让斑雅走出沙漠和森林
我们要一声不响地出没在
人世的喧嚣里

攀缘

要像藤蔓缠绕枝丫,脐带缠绕婴儿
一个向死的人始终不忘初心那样
要一句话都不说,要说也只说
屋檐上的鸽子,水里的月亮
蜻蜓点水时的细浪
要像情人,拥抱,亲吻,用尽一切力量
去靠近,把手递给另一只手
互相交换心意和爱
要像现在,河流贴近日月
山川挽起手臂,一对老夫妇走在黄昏里
他们不说别的,只是
在岁月的拐弯处紧紧缠绕
就像我眼前的事物,从出生
到死亡,紧紧缠绕

扔石头

她躲避风沙,在河流里转弯
她扔掉绳索、药片,和一把凌霄花
她始终把自己放低
暴雨来临时,她蹲在山洞里
像是犯了错误,接受惩罚
没有伞,没有求救的方式
她始终这样,不肯说出秘密
不跟其他人联系
她日日下山,把柴火生得旺盛
有一天,她向河里扔石头
从最小的那块开始,直到
她把自己也扔了进去

宽窄巷子

银杏叶满地,我走在宽巷子
黄昏初升,我走在窄巷子
在井巷子,我就是清朝的格格
喝盖碗茶,飘雪入喉
看川剧,带着一仗队的侍从
跟文官谈论民俗,跟武官叹朝代更迭
我路过酒吧、书局和商铺
倚着青砖黛瓦看别人掏耳朵
年轻人在风中卖唱
在人声鼎沸中,这记忆——
拴马柱,门洞,老墙,蜀绣……
我想起先人的金水河
族人没落,百姓穿街走巷
在宽窄巷子,每个人都是慢的
慢的美学,慢的交谈
慢,让古街生辉,洋楼别致
让我在细雨敲窗的傍晚多了份闲情
在宽窄巷子,我想拉着一个人的手
穿过古月清晖,叫一辆的士
把我们载到清朝的桉树下

词语

这些被遗弃的词语
被我扔进火炉里的词语
被填充了棉花、花瓣、草木的词语
一个被人介意的词语
这些名词、动词……被忽略的词
被应用到美学、哲学、修辞学的词
当我写下一个词,甚至更多的词
我就要一一接受它们的争吵
接受它们的疾病
我愿意在河边,搂住它们
看它们在一首诗里
死去活来地纠缠
一次次从暗地里复活,对我说
各种神秘的、复杂的、生僻的词
在日益衰老中,它们
让我恐慌和惊喜

爱我，爱我

趁我虚弱，揽我入怀
抱我在山林花海、房前屋后
栽红丹峰，云雾穿过我们的身体
爱我，放下我，两个文明人
在草地上深吻、厮杀
一扇蒲草目睹蝴蝶交尾
爱我，如溪水，蔓延整个荒原
爱我，不留余地，背负生活的风霜
爱我，一下一深痕
像汁液，黏稠饱满
像空谷回音，在体内回旋
爱我，让火焰燃烧

一个样子

奔突，或者哑默
墨兰是什么样子就是什么样子
在农庄，没有人在意
一串葡萄的命运
就像现在，没有人在意你
是蓝的、紫的、黄的，还是红的
你弯腰时，露出的山水
你悲伤时，吐出的烟云
你每走一步，大地跟着摇晃
这一切，没有人在意
你该做什么就做什么
在农庄，你自顾自地悲欢
就像枝头的云雀，起飞或驻足
没有人在意它们栖枝多久
鸟鸣，一声就好
你也一样，做什么，一下就好

探望

敲响体内的大钟后,请将寺院
搬到深林里,让明月和清风成为床榻
请提着草木和水滴来探望我
不要带鲜花和竹篮里的阳桃
送一些西域的美人吧,她们骑着骆驼
在腹部的戈壁上种白麻和红柳
她们也翻云覆雨,在我的额头上
请再多些布匹,我要做成红花绿草
送给虔诚的跪拜者,他们时常
在群鹿出没的深林,跪拜
体内的河流和祖先
请拿灯盏照亮血液
请移走内心的重峦叠嶂

杜草堂

我是多么绝望——
在你的雕像前,背不出一首完整的诗
比如登高之诗,蜀相之诗
比如春望,比如绝句
你爱古塞、秋云和落花
你怜悯织女、嫠妇和农人
你在蜀地四年,茅屋里杯碟碰撞
我明白寄人篱下的悲苦
杜工部并不是你真实的名字
你是被后人拥戴的诗圣
浣花溪环绕草堂,草木葱绿
犹如你写下的诗,他们在诗史堂
和工部祠向你致敬,也致敬
这些被传诵千年的诗句
绕过流水和古木,红鲤鱼像是
来自古代,来自兵荒马乱
它们游弋时带着激昂和愤慨
它们更像是你,心系苍生
在草堂,没什么比现在更认真
茅屋在秋风中发出悲鸣

身份

做个书生,陪你研墨,画红杏出墙
给你讲沉鱼落雁和班超出塞
与你携花带柳,问候古钟里的黄昏
做个名门闺秀,同你比美
用花蕊做胭脂
涂在霜叶红于二月花的江南
做个古人,喊你相公,一起下扬州
打捞河里的金银细软,或者
钻木取火,回到母系氏族公社
做个诗人,趴在你的床头
读村寨和粗衣人
读字里的乾坤和腔调
做个舞者,跳一曲探戈,跟着
你的步伐,节奏紧凑
像恋人见面般情意缠绵
现在,我要潜伏在
风吹草动的世界里,我要找出对你
信口雌黄和一见钟情的人。

姿势

我尝试爱一个人,或恨一个人
爱就要全力以赴,坚决不背叛
一起喝下孟婆汤,再去轮回
恨也要说一不二,要斩钉截铁
老死不相往来——

我尝试爱一个人,顺从天意
不必用春光讨好,也不必对着日月
说海誓山盟,我尝试爱上一个流浪汉
酒鬼、柴夫或手握兵权的人
我们的爱在岁月深处,在青天白日下
扑棱棱地飞过沧海

我尝试恨一个人,一刀两断
从此各安天涯,扔掉回忆和无辜的表情
不必说蓝绸子被曝晒,不必
怀疑水滴的掉落,恨就要坚决
我们在恨的路上找了不归路
恨更像是一次硝烟弥漫